你的一天，我的一生

[美] 妮可拉·尹——著
胡绯——译

浙江出版联合集团
浙江文艺出版社

果麦文化 出品

献给教我寻梦、教我逐梦的父母

prologue

引 言

卡尔·萨根说，假如要从无到有做出一个苹果派，你必须先创世。卡尔·萨根的“从无到有”意为*什么都没有*；也就是说世界尚不存在的时候。假如要从天地皆无开始做个苹果派，你必须从大爆炸和膨胀宇宙开始，从中子、离子、原子、黑洞、太阳、月亮、海潮、银河、地球、进化、恐龙、灭绝级事件、鸭嘴兽、直立猿人、克罗马农人等等开始。你必须通通从头来。你必须创造火。你需要水、种子、肥沃的土壤。你需要奶牛，需要挤牛奶的人类，还需要另一帮人把牛奶做成黄油。你需要小麦、甘蔗、苹果树。你需要化学、生物学。要做出一个品质超群的苹果派，你需要艺术。要做出一个流芳百世的苹果派，你则需要印刷机、工业革命，或许还得加上一首诗。

要鼓捣出区区一个苹果派，你必须打造大千世界。

daniel

丹尼尔

本地少年尽皆向命运低头，纷纷同意走上从医之路，走上老套之路。

托查理的福，对我来说，今年夏天（再加今年秋季）已沦落成了一条接一条离谱的新闻头条。查尔斯·载沅·裴，即查理，我哥兼家中长子（我们的父亲也是家中长子），给了父母一个惊喜（大吃一惊的还有我父母的所有朋友，以及纽约法拉盛飞短流长的整个韩裔社区）：堂堂查尔斯·载沅·裴，居然被哈佛退学（头号名校——当初查理的录取通知送到时，我妈嘴里的原话便是如此）。这下可好，查理竟被头号名校扫地出门，害得我妈整个夏季都紧锁着眉头，既难以置信，又难以理解。

你的成绩怎么会差成这样？你居然被踢出校门了？校方为什么要开除你？为什么不让你留下来再加把劲念书呢？

我爸说，不是开除。是勒令停学。跟开除不一样。

查理抱怨：只是暂时的，两个学期而已。

面对我父母的不理解、羞愧和失望的怨言，我差点都要为查理难过了。就差那么一点。

natasha

娜塔莎

按我妈的说法，是时候放手了，我做的一切无非都是徒劳。她心烦得很，所以口音比平时重，而且说出的每句话都是个问句。

“你不觉得是时候放手了吗，塔莎？你不觉得，你忙活半天是白忙活吗？”

她故意拖长了“白忙活”。我爸倒是半个字也没有说。他要么是生气了，要么是无能为力，我向来摸不清是哪种缘故。我爸的眉头锁得如此之紧，如此之牢，简直难以想象他的脸上还能流露出其他表情。假如换成几个月前，他的愁容会让我很心酸，但到了今天，我才懒得理呢。正是拜他所赐，我们全家才一脚踏进了泥潭。

我的小弟彼得，今年九岁，是全家唯一一个乐见这场不测风云的人。他正伴着鲍勃·马利的《女人不哭》收拾自己的行李箱。“复古派打包伴奏乐”——他还给《女人不哭》送了个名号。

虽然彼得出生于美国，但他说想去牙买加生活。他向来十分腼腆，交朋友很费劲。依我看，他一厢情愿地把牙买加想象成了一方天堂；只要到了牙买加，不知怎的，他就会事事得心应手了。

我们一家四口正待在我家那套一居室公寓的客厅里。客厅兼作卧室，彼得跟我同住。屋内有两张小沙发床，晚上我们会把床展开，再在房间正中拉下一幅湛蓝色的帘子，以求隐私。至于此刻，帘子被拉开了，因此两侧都一目了然。

恐怕一眼就能看出来，我们姐弟两人究竟谁盼着留在美国、谁盼着逃离美国：我那半间屋看上去依然像有人住。“宜家”小书架上还摆着我的书，书桌上还摆着我最爱的一张合影——是我跟死党贝芙的合影，相片中的我们戴着护目镜，正朝物理实验室的摄像镜头噘嘴扮性感（戴护目镜是我的主意；噘嘴扮性感是贝芙的主意）。衣橱里的衣服我还一件都没有动过，我的NASA[1]星图海报也还没有取下来。那张星图海报大得不得了——其实是八张海报被我粘在了一起——展示了北半球可见的一众恒星、星座与银河。图上甚至标明了如何找到北极星，又如何在你迷路的时候借星空导航。我买了个海报筒准备装海报，但此刻还好端端地倚着墙壁，尚未拆封。

至于彼得那半间屋，桌子架子柜子上几乎全是空荡荡的。他的大部分物品已经收拾好装进盒子，打包进行李箱了。

当然，我妈说的没错，我忙活半天是一场徒劳。但我依然一把攥起了耳机、物理课本和几本漫画。假如手头有大把时间，何不把作业做完，再读读书呢。

彼得见势冲我摇摇头。“你干吗要带这玩意？”他指的是我的课本，“我们要离开了，塔莎，谁还用得着交家庭作业。”

---

1. 美国国家航空航天局，简称美国宇航局。

彼得前不久才悟到冷嘲热讽的威力，现在只要一有机会，他就赶紧用上几句挖苦话。

我懒得搭理他，径直戴上耳机，迈步走向大门。“我去去就回。”我对老妈说。

她咂了下嘴，扭开了头。我提醒自己：惹她心烦的罪魁祸首不是我。塔莎，惹我心烦的不是你，知道吧？最近一阵，这句话她说过好多遍。至于我，我正准备赶往位于曼哈顿中心地带的美国公民及移民服务局大楼，瞧瞧有没有什么转机。我们是非法移民，今晚将被驱逐出境。

要说服某人（或者命运）帮我想个办法留在美国，今天便是我最后一丝机会。

先说清楚：我不相信命运。但我已走投无路。

daniel

丹尼尔

依我说，查尔斯·载沅·裴（即查理）是个混蛋，原因在于（排序不分先后）：

1. 哈佛大学这次史诗级的（绝对大快人心）失败是前所未有的。查尔斯·载沅·裴可谓各门功课无一不精。人不应该什么都做得好。数学、英文、生物、化学、历史，再加体育。各门功课无一不精可不是体面的事。最多做好三四科，即使是这样，也已经是在挑战有品的底线了。

2. 查尔斯·载沅·裴，是男人中的男人。换句话说，大多时候，他是个混账。不对，时时刻刻都是。

3. 查尔斯·载沅·裴个子高挑，颧骨轮廓分明、犹如刀刻（请想象爱情小说里的梦幻形容词）。女生们声称（全体女孩，不仅仅是读经班的韩裔女生），他的双唇非常诱人。

4. 假如查尔斯·载沅·裴为人友善，上述几条其实也都说得过去（查尔斯·载沅·裴确实多才多艺得有点尴尬，确实是一人占尽了无限风光）。可惜，他一点儿也不友善。查尔斯·载沅·裴不善良。且不说他有多自命不凡，最糟的是，他是个恶霸、混蛋，一个彻头彻尾的人渣。

5. 他看我不顺眼，而且已经看我不顺眼很多年了。

natasha

娜塔莎

我把手机、耳机和背包放进一只灰色托盘，迈步向金属探测仪走去。门卫却伸手拦住了它（她的名牌上标着“艾琳”二字），不让那只托盘上传送带——这位门卫还真是每天都跟我的托盘过不去。

我抬头凝望着她，脸上不带一丝笑容。

她垂眼审视着托盘，又把我的手机翻过来，紧盯着手机壳，天天如此。我的手机壳的图案是“涅槃乐队”专辑《没关系》的封面。门卫的手指每天都会在专辑封面的宝宝上流连片刻，而我每天都不乐意让她碰我的手机壳。“涅槃乐队”的主唱是科特·柯本。他的歌声，那透着伤痛的歌声，那并不完美的歌声，那能让人感同身受的歌声，那绵延得如此之轻以至于你以为会破音的歌声，是眼前这场噩梦开场后唯一让我免于癫狂的灵药。他的苦痛远远重于我的苦痛。

门卫的动作慢吞吞的，但我万万不能错过今天的预约。我本来打算张嘴说几句，却又不想惹毛她。说不定她不喜欢自己的工作，我可不能再给她一个借口，让她耽误我的时间了。门卫又抬起头瞥瞥我，丝毫没有半点认出我的迹象，其实上周我每天都来移民局。对她来说，我不过是另一张无名无姓的面孔，另一位申请人，另一个想从美国捞点好处的家伙。

irene

艾琳

回顾史

娜塔莎对艾琳的猜测是错误的：门卫艾琳热爱她的工作。不只是热爱，她需要那份工作。这几乎是艾琳仅有的与人类的接触，是帮她阻挡完全绝望和孤独的唯一机会。

每当遇见一名申请者，都仿佛将艾琳从吃人的深渊中拖出来了一截。刚开始的时候，申请者们很少留意到她。他们把自己的东西扔到托盘里，紧盯着东西过金属探测仪，其中大多数还疑心艾琳会把零钱、钢笔或钥匙之类的零碎偷偷揣进自己的口袋。正常情况下，申请者们永远也不会留意到区区一名门卫，但艾琳会出招确保他们留意到。毕竟，这是她与世界之间唯一的纽带。

于是，艾琳伸出一只戴着手套的手，拦住了每一个托盘。耽搁的时间足够长，长到申请人不得不抬起头，迎上艾琳的眼神，把站在面前的人看个清楚。大多数人不情不愿地嘟囔一句“早上好”之类的话，好歹让艾琳的心不再那么空荡荡了。另一些人还问她工作怎么样，艾琳便更加感觉飘飘然了一些。

艾琳从来不答申请者的话。她不知道该说些什么。她转而垂眼审视着托盘，审视着每一样东西，寻找些蛛丝马迹，留待稍后细细品味。

不仅如此，艾琳想脱下手套，好好摸一摸那些钥匙、零钱和钱包。她用自己的指尖划过物品的表面，记住它们的质感，让他人生活中的点点滴滴渗进她的生活。只可惜，她不能把排队的人拖太久了。到了最后，她终究要把托盘和它的主人从自己身边打发走。

对艾琳来说，昨晚尤其煎熬。穷凶极恶的孤独想要张开血盆大口，将她一口吞下去。今天早上，艾琳需要跟人打交道，救自己一命。她将目光从一只远去的托盘上挪开，转向了下一位申请者。

是本周每天都来移民局的那位小姑娘，肯定不到十七岁。跟其他申请者一样，女生没有从托盘上抬起眼神。她目不转睛地瞪着它，仿佛受不了她那艳粉色的耳机和手机离手而去。艾琳伸出一只戴着手套的手，拦住了托盘的一侧，免得它从自己的生活中溜走，溜到传送带上。

对方抬起头张望，正合艾琳的心意。看上去，女孩居然跟艾琳一样绝望。艾琳差点对她露出了微笑。在艾琳的心底深处，她也确实对女孩露出了微笑。

你又来啦，欢迎。很高兴见到你。艾琳心想。

但事实上，艾琳已经低下了头，端详着女孩的手机壳。手机壳上的图片印的是一个胖乎乎的白人婴儿，在一片清澈的碧波中浮沉。胖小子呈“大”字形张开四肢，与其说像在游泳，不如说像在飞翔，大睁着眼睛，张开着嘴。他的面前是一张挂在鱼钩上的一美元钞票。图片不太得体，每次望见它，艾琳都感觉自己不禁深吸了一口气，仿佛自己才是沉在水下的那个人。

她想找个理由没收那只手机，可惜没有找到。

daniel

丹尼尔

要说查理是从什么时候开始看我不顺眼的，我倒是心里有数。我六岁那年的夏天，也就是查理八岁那年的夏天，他跟他那群亮眼的新朋友（白人、十岁、十分拉风）一起骑他那辆亮眼的新脚踏车（红色、十段变速、十分拉风）。尽管整个夏季有很多迹象，我却没有留意：我已经是“烦人的弟弟”了。

查理和他的朋友没带我一起骑脚踏车的那天，我追在他屁股后面狂奔过一个又一个街区，嘴里大喊着“查理”，一心以为他只是忘了叫我一声。我骑得飞快，累得精疲力竭（哪个六岁小孩骑脚踏车会感到累？这也说明一些问题）。

我为什么不干脆止步别追了？还用说吗，查理当然听见我在叫他。查理终于停下了脚步，跳下了脚踏车。他把车朝泥地里一推（脚踏车的撑脚架真倒霉），站在原地，等我追上去。我看得出来，他窝了一肚子火。他往脚踏车上踢了一脚泥，以确保所有人都清楚他在发狠。

“哥。”我用韩语叫了他一声。话一出口，我就明白自己犯了个天大的错。查理的一张脸涨得通红——脸颊，鼻子、耳朵尖，简直红得发亮。他飞快地瞥了一眼自己的新朋友，他们正在一旁观望我们兄弟俩，仿佛在看电视真人秀。

“他刚才叫你什么？”矮个子朋友问道。

“难道是某种秘密韩式代码？”高个子也插嘴道。

查理没有理睬他们两个人，直愣愣冲着我来了。“你跟着我干吗？”他气炸了，以至于声音有点哑。

我答不上来。反正查理也并非真心想要我回答。他想要的是揍我一顿。从他握紧拳头又松开拳头的模样，我看得出来。我还看得出来：他正在掂量，如果他真在公园里当着那群他几乎不太认识的小子揍我，会给他惹一场多大的祸。

“你就不能自己交几个朋友，别再像个跟屁虫一样跟在我屁股后面吗？”查理终于开了口。

他还不如揍我一顿呢。他把脚踏车从泥地里扶起来，气呼呼地上了车。他气得要命，我还以为他马上就要爆炸，而我不得不告诉老妈她那无可挑剔的大儿子爆炸了。

“我的名字就叫查尔斯，”他冲着那群小子厉声道，吓得他们不敢再多说一句，“你们到底走不走？”查理没有等他们，也没有回头看他们是否跟了上来。那群小子跟在他屁股后面踏进了公园，踏进了夏天，踏进了高中，和后来追随查理的其他人一样。不知怎的，假我之手，我的哥哥树立了自己的地位。

而我再也没有用韩语叫过他“哥哥”。

charles jae won bae

查尔斯·载沅·裴

未来史

丹尼尔没有错看查尔斯。查尔斯确实是个彻头彻尾的混蛋。有的人在成长过程中会摈弃自己身上不好的特性，查尔斯不是那样的人。他舒舒服服地披上了那层狼皮，与之融为一体。

但在那之前，在查尔斯·载沅·裴摇身变成一名政治家、娶了一位贤妻之前，在他将自己的名字改成查尔斯·贝之前，在他一次又一次背叛自己的贤妻与选民之前，在数不胜数的金钱、成功和予取予求之前，他倒是为自己的弟弟做了件好事，一件无私之举。那将是查尔斯·载沅·裴一生所做的最后一件好事，最后一件无私之举。

family

裴氏一家

命名史

当初爱上大贤时，敏秀没有料到：这份爱会把他们两人从韩国带到美国。可惜的是，大贤一直是个穷小子。大贤在美国有个表兄，表兄在纽约过得很不赖，还答应帮大贤一把。

对大多数移民来说，移居他国是一趟追寻信仰之旅。即使你已经听过有关移民的安全、机遇与繁荣的故事，但抛下了你自己的语言、民族与国家，抛下了你自己的历史还是需要很大的勇气。假如种种传闻不过是些海市蜃楼，那怎么办？假如你无法适应，那怎么办？假如新的国家不欢迎你，那又怎么办？

到了最后，诸多传闻之中，确实只有部分属实。跟所有的移民一样，敏秀和大贤竭尽所能地入乡随俗。他们避开那些不欢迎他们的地方，避开那些不欢迎他们的人。大贤的表兄也如约帮了他们一把，小两口总算是站稳了脚跟，信仰有了回报。

几年后，当敏秀得知自己怀孕时，她脑子里冒出的第一个念头是：给孩子起个什么名字好呢。她有种感觉，跟韩国的情形不一样，名字在美国这片土地上意义并不大。在韩国，姓氏居先，讲述了你家祖祖辈辈的历史；在美国，姓氏居后——大贤宣布，该现象表明，美国人认为个人比家族更重要。

给孩子起名让敏秀很头痛：该给儿子起个美国名字吗，起个让儿子的老师和同学好念的名字？还是该秉承传统，给儿子选两个汉字组成一个双音节的名字呢？

名字的威力不容小觑。作为身份标识，名字恰似地图，定位出时空中的你；不仅如此，名字还堪称一枚指南针。到了最后，敏秀走的是折中之道。她给儿子取了一个美式名，后面紧跟着一个韩式名，后面再紧跟着姓。长子取名叫做“查尔斯·载沅·裴”，次子取名叫做“丹尼尔·载浩·裴”。

到了最后，敏秀选的是两全其美，哪样也不能缺。韩、美。美、韩。

如此一来，儿子们便知道自己来自何方。

如此一来，儿子们便知道自己去往何处。

natasha

娜塔莎

我迟到了。我进了等待室，又向前台走去。前台冲我摇摇头，仿佛她早已见惯了这种事。此地人人都见多识广，而且，他们并不在乎你是不是个新手。

“你只能拨打移民局的电话，重新预约。”前台说。

“我没有时间了。”我答道。我向前台提起了门卫艾琳，解释了一下她有多古怪。我用的是轻言细语、通情达理的口吻。前台耸了耸肩膀，低下了头——前台在打发我走人呢。要是换了任何一天，我都会乖乖听她的话。

“拜托你打个电话给她好吗。打个电话给凯伦・惠特尼，是她叫我来的。”我说。

“你预约的是早上八点整，现在已经是早上八点零五分了。她正在见别的申请者。”

“求你了，迟到不是我的错。她告诉我……”

前台板起了脸。不管我说些什么，她恐怕不会再回心转意。“惠特尼女士已经在见另外一位申请者了。”前台说。看她这副态度，仿佛英文不是我的母语一样。

“打个电话给她吧。”我求道。我的声音很吵，听上去歇斯底里。全体申请人，包括那些不会讲英文的申请人，纷纷瞪大了眼睛向我望来。绝望，果然是全世界通行的语言。

前台冲一位站在门边的保安点点头。保安还没有来得及走到我身旁，通向会议室的门开了。一名又高又瘦、深褐肤色的男子朝我招招手，又朝前台点点头。“没关系，玛丽。我来接待她吧。”他说道。

趁对方还没有改变主意，我快步进了那扇门。高瘦男子没有看我一眼，只是转过身，迈步走下了一条过道。我默不作声地跟着他，直到他在凯伦·惠特尼的办公室前停下了脚步。

“在这儿稍等片刻。”他对我说。他只离开了几秒钟，但再度现身的时候，他的手里拿着一个红色文件夹——是我的卷宗。

我们又迈步走下另一条过道，终于到了他的办公室。“我叫莱斯特·巴恩斯，”高瘦男子开了口，“请坐。”

“我……”

他举起一只手，示意我噤声。

“我需要知道的一切都在这个卷宗里。”他捏住文件夹的一角，朝我摇了摇，“我读资料的时候请别出声，就当是帮你自己一个忙。”

他的办公桌十分整洁，看得出他颇引以为豪。他有一整套银色桌饰——笔筒、收发邮件用的托盘，甚至有个刻有姓名首字母缩写的名片夹。这年月还有谁在用名片？我伸手从名片中取了一张，偷偷地塞进了口袋。

他的身后是个高高的橱柜，摆满一摞摞标着各种颜色的卷宗，每份卷宗都承载着某人的命运。等一下，难道正如我所料，档案的颜色确实一目了然吗？我的档案被标上了红色——看来属于“被拒”红。

几分钟后，莱斯特·巴恩斯朝我抬起了头。“您来移民局有何贵干？”

“凯伦……不，惠特尼女士……让我再来一趟。她对我很好。她说，说不定能有转机。”

“凯伦是局里的新人。”听巴恩斯先生的口吻，他仿佛在向我解释些什么，可惜我摸不透他的言外之音。

“你们一家上次申诉被驳回了。驱逐令依然有效，金斯利女士，你和你的家人今晚十点必须离开美国。”

他合上卷宗，将一盒纸巾推到我面前，等着我掉眼泪。不过，我可不是个哭包。

我爸第一次将驱逐令的事告诉家里人时，我没有掉眼泪；多次申诉被驳回时，我没有掉眼泪。去年冬天，发现前男友罗博劈腿时，我没有掉眼泪。

甚至连昨天，跟贝芙正式道别的时候，我也没有掉眼泪。几个月来，贝芙与我都心知：这一刻迟早会来临。我没有掉眼泪，只不过……心里难过得不得了。本来贝芙今天准备陪我一起来移民局，但她们一家去了加州，参观伯克利大学和其他几所州立大学。

“说不定等我赶回来的时候，你还没有走。”我们拥抱第17次后，贝芙坚持道，“说不定，一切都会好起来的。”

贝芙向来是个死硬乐天派，即使希望渺茫。贝芙是那种买彩票的女孩。我是那种会拿掏钱买彩票的人开涮的女孩。

因此，此刻我才不会掉眼泪呢。我站起身，收拾好东西，迈步走向办公室门。我拼尽了全身的力气，才撑住不做一个哭包。在心底深处，我仿佛听见了母亲的话音。

别让你的骄傲打败你，塔莎。

我又转过了身。“这么说，你真的没有办法帮我吗？我真的非离开美国不可吗？”我的声音如此之小，连我自己也几乎难以听清。谁知道，巴恩斯先生却听得一清二楚。聆听惨兮兮的悄声细语，原本就是他的本职工作。

巴恩斯先生用手指轻敲着已经合上的卷宗。“你父亲酒后驾车……”

“那是他的问题。凭什么我要为他犯的错买单？”

我的父亲。他的一夜名声害他酒后驾车，酒后驾车害我们一家的身份曝光，身份曝光又害我失去了世界上唯一一个我能称之为“家”的地方。

“不管怎么讲，你们在美国依然属于非法居留。”巴恩斯先生说道，口吻却比刚才软了一些。

我点点头，一声不吭。因为，我真的忍不住要掉眼泪了。我戴上耳机，再次向门口走去。

“我去过你的国家。我去过牙买加。”巴恩斯先生又开了口，朝记忆中的那趟旅行露出微笑，“我玩得很开心。那里的一切都很‘irie’[1]，你不会有事的。”

精神科医师告诫：切勿苦苦压抑情感，因为压抑的情感终有

1.irie:牙买加克里奥尔语，意思是“好”。

一日会爆发。他们说得对。我已经窝火好几个月了，感觉活像从开天辟地就窝了一肚子火一样。我气我爸，气前男友罗博——上个星期，罗博居然对我发话，声称尽管出了“各种破事”（就是他背着我劈腿那件破事），我跟他应该还能做回朋友。

就连贝芙也没有逃脱我的一腔怒火。整个秋季，贝芙的男友德里克申请哪里的大学，贝芙便急吼吼地申请哪里的大学。她定期察看不同大学地点之间的时差。“异地恋撑得下去吗？”每隔几天，贝芙就问上一次。上次贝芙又开口问起，我回答道，她还是不要把整个未来放在现任高中男友身上的好。贝芙觉得我的话很伤人，她认定德里克会跟她永远在一起。我觉得德里克和贝芙能熬到毕业；说不定，还能熬过今年夏天。结果倒好，我足足帮贝芙做了好几个星期的物理作业，才算是哄她消了气。

至于此刻，某个也许在牙买加待了不足一周的人开口告诉我，一切都会“irie”的。

我摘下了耳机。“当时你去的是哪儿？”我问道。

“内格里尔，”巴恩斯先生回答，“好地方啊。”

“当时你迈出酒店的地盘了吗？”

“我倒是想，不过我……”

“不过你太太不愿意，因为她怕得要命，对吧？旅游指南说得很明白，最好待在度假酒店里，别瞎跑。”我又一屁股坐了下来。

巴恩斯先生将下巴搁上了紧握的双手。自从我们两人开始谈话，这是局势首度不在他的掌握之中。

“当时你太太是不是很担心自己的安全？”我特意在“安全”两个字上加了引号的手势，仿佛“安全”不是什么值得担心的事。

“或许她只是不希望亲眼见到当地人一个个都穷成什么德行，免得败了度假的兴致。”话说出了口，一直窝在心中的怒火也随之涌上了我的喉头。

“你听听鲍勃·马利的音乐，酒保给你弄来点大麻，又有人教了你‘irie’这个词，你就以为自己见多识广了。其实吧，你只见到了一家提基文化的酒吧、一方海滩、一个酒店房间。那不是一个国家，只是个度假胜地。”

巴恩斯先生举起了双手，仿佛作势要自卫，仿佛正千方百计将空中的字字句句向我推回来。

对，我这些话很惹人厌。

不，我并不在乎。

“别告诉我什么我会没事的。我对牙买加不熟。从八岁起，我就一直待在美国，牙买加我一个人也不认识。我没有口音。我不认识在牙买加的家人，总之不像一家人。今年我就要高中毕业了。毕业舞会怎么办？毕业典礼怎么办？我的朋友怎么办？”真希望我也能担心朋友们担心的那些蠢事啊，我甚至刚刚开始着手申请布鲁克林学院。我妈足足攒了两年钱，去佛罗里达给我买了一张“好用”的社保卡。“好用”的社保卡上印的是被盗的真实社保号码，而不是糊弄人的假号码。卖社保卡给她的男子声称，印着假号码的便宜社保卡通不过背景调查，通不过大学申请。有了这张带真号码的卡，我可以申请助学金。如果我拿到助学金，再加上一份奖学金，说不定就念得起纽约州立大学宾汉姆顿分校之类的州内大学了。

“大学又怎么办？”我问他，终于哭了。眼泪完全止不住，它已经憋在心里太长时间了。

巴恩斯先生又将那盒纸巾朝我面前推了推。我一口气抽了六七张用掉，然后又抽了六七张。我再次收拾起自己的东西。“你知不知道，在哪儿都融不进去是什么样的滋味？”这一次，我依然悄声说道，依然几不可闻，但巴恩斯先生依然听了个一清二楚。

我走到门口，一只手已经搁上了门把，巴恩斯先生却开了口：“金斯利女士，请稍等。”

irie

词源史

或许，你早已经听过“irie”一词。或许，你早已经去过牙买加，知道这个词与牙买加土语颇有渊源；或许，你也早已经知道，“irie”跟拉斯塔法里教[1]也颇有渊源。著名雷鬼乐歌手鲍勃·马利本人便是拉斯塔法里教徒；假他之手，“irie”一词已经远远遍洒至牙买加海岸之外。因此，当听到“irie”一词时，你或许会对该教的历史略知一二。

或许你还知道，拉斯塔法里教是亚伯拉罕宗教[2]三大教——基督教、伊斯兰教和犹太教的一个小分支。你知道，亚伯拉罕教属于一神教，且教内对亚伯拉罕的化身有纷争。或许，你能从该词中听见20世纪30年代牙买加的悠悠回响，因为20世纪30年代正值“拉斯塔法里”运动兴起之时；或许，你听见的悠悠回响来自“拉斯塔法里”运动的精神领袖海尔·塞拉西一世，他便是1930

1. 20世纪30年代起牙买加兴起的黑人基督教宗教运动与社会运动。

2.亚伯拉罕宗教：指世界主要的三个有共同源头的一神教——基督教（包括天主教、基督新教与东正教）、伊斯兰教与犹太教。

年至1974年间的埃塞俄比亚皇帝。

因此，当你听见某一个词，你会听见该词最初的精神含义。你与你所尊崇的神明之间一切“安好”，于是你与世界之间一切“安好”。“irie”意指精神上超脱和满足。从一词之间，你听见宗教自身之兴起。

又或者，你对该历史一无所知。

你对上帝、精神或语言一无所知。你所知的，是时下口语字典中的定义：总之，“irie”代表“安好”。

假如在字典里查阅词汇，有时候，你会发现一些被标记为“废语”的定义。娜塔莎时常想，语言真是难以捉摸！一个词刚开始的意思是这样的，最后却变成那样。是因为滥用和简化吗？正如牙买加度假胜地的人们纷纷将“irie”一词教给了游客？还是因为错误使用？像娜塔莎的父亲一样？

收到驱逐令之前，娜塔莎的父亲死活不肯用牙买加口音讲话，也死活不肯讲牙买加俚语。眼下全家被迫返回牙买加，他倒是一头扎进了各种新词里，活像为了出国旅游恶补外语词汇的观光客。杂货店的收银员例行了事跟他打了句招呼“你好吗？”，他便对人家说“一切irie，老兄”；邮递员跟他打招呼“你好吗？”，他也回答“irie”。他笑得过于灿烂；他把双手朝口袋里一插，双肩后仰，模样仿佛是收到了无福消受的礼物。他装模作样如此明显，娜塔莎坚信人人都能一眼看穿，谁知他竟蒙混过关了。反正他哄得旁人开开心心，仿佛他们能从这位看上去便顺风顺水的人身上沾点运气一样。

照娜塔莎看来，词汇运行的法则应跟度量单位一样。一米就是一米，永远都是一米，怎么能说变就变？但凡是个词汇，就该老老实实地秉承原意，不能动不动摇身变个样。谁能一声令下，宣告某个字词已经改头换面，又何时改头换面？是否存在一段过渡期，一个词既代表这种意义，又代表那种意义？那是否还存在某一段时间，一个词什么意义也没有？

娜塔莎心知：假如不得不离开美国，她手握的所有友情，即使是与贝芙的友情，都将会无一例外地走向凋零。当然，刚开始的时候，大家会千方百计地保持联络，但那跟每天见面无法相提并论。再也不能各自带上男伴奔赴毕业舞会了，再也不能收到大学录取函共同欢庆、收到拒信抱头痛哭了，再也不能一起拍傻兮兮的毕业照了。与此相反，岁月流逝，距离显得一天比一天更远。贝芙待在美国，过着美式生活；娜塔莎待在牙买加，待在她的出生地，却只觉自己犹如异乡来客。

过多久，娜塔莎的死党们就会把她彻底遗忘？过多久，娜塔莎就会换上一副牙买加口音？又要过上多久，娜塔莎自己也忘记，她曾经到过美国？

有朝一日，“irie”将会继续衍变，成为另一个带有一长串过时语义的字眼。“一切都还irie吗？”某人用一口纯正的美国腔问你。你则回答，“一切irie”。你的意思是：一切还过得去，但你真的不乐意继续细聊。一问一答间，无论问者还是答者，都对亚伯拉罕宗教、拉斯塔法里教或牙买加方言一无所知。这个词的历史，至此湮灭无踪。

daniel

丹尼尔

本地少年深陷父母的期望与失望交织而成的漩涡，无望逃出生天。

有个堪称“人中龙凤”的人渣哥哥，倒也有个好处：你肩上的担子会轻很多。查理一向优秀得足以顶上两人份，目前他不再十全十美，火力便顷刻集中到了我身上。自从查理休学返家以后，以下对话已在我身上上演了大约13亿次：

老妈：你的成绩还好吧？

我：还行。

老妈：生物怎么样？

我：还行。

老妈：数学怎么样？你不喜欢数学。

我：我知道我不喜欢数学。

老妈：不过数学成绩还可以？

我：还是B。

老妈：为什么还没有提高到A呢？天哪，你也该认真点了，你可不是小孩了。

就在今天，我将接受由耶鲁校友坐镇的大学入学面试。这是我第一次下定决心不申请“头号名校”（即哈佛大学），耶鲁在我父母眼中算是“二等名校”。身为查理的弟弟不申请哈佛后果可想而知。可是查理已经被哈佛停了学，谁知道哈佛大学还会不会录取我。

此刻，老妈跟我都在厨房。入学面试在即，老妈在给我蒸韩式速冻饺子，算是犒劳一下。趁着饺子还没有上桌，我一边吃桂格麦片（堪称人类所知的最美味的麦片）权当开胃菜，一边在笔记本上写写画画。我写的是一首关于心碎的诗，仿佛永远也写不完。问题在于：我从未心碎过，因此，我写得很煎熬。

堂而皇之地在餐桌旁写诗是一种奢侈。要是我爸在家，我肯定不敢这么做。他从来没有公开表达反对，但还用说吗，写诗在他心里百分百算不上什么正经事。

正在这时，美食与诗歌都被老妈搅了局：她又开启了一轮母子之间的常见对话。这次她改了些台词，我的嘴里则塞满了麦片，不时答上一句“还行”，轻松过了关。谁知道，跟平时不一样，今天她没有说“你可不再是小孩子了”，却说了一句：

“别学你哥。”

为了加重语气，她是用韩语说的。不知是上帝的旨意、命运的安排，还是纯属倒霉，查理这个时候走进了厨房，刚好听到。我顿时住了嘴，不再嚼麦片了。

若是从裴氏宅邸外遥望我们一家，任何人都会认为眼前的一幕其乐融融：一位慈母正在为她的两个儿子做早餐。其中一个坐在桌边吃着麦片粥（没加牛奶）；另一个正迈步从左侧入场，也正准备吃早餐。

可惜，事实并非如此。老妈的话落进了查理的耳朵，她十分过意不去，禁不住红了脸。只是微微泛上了一丝红晕，但确实红了脸。她赶紧问查理要不要吃饺子，尽管查理痛恨韩国料理，从初中开始就再也不吃了。

至于查理？他一如既往装着没事。他假装听不懂韩语，假装没有听见老妈问他吃不吃饺子，假装我是空气。

查理差一点就骗过了我，直到我望见他的手。他的手紧握成拳，暴露出了真相：他听到了，也听懂了。就算骂他是个彻头彻尾的大混球也比说什么“别学你哥”要强。多年来，爸妈在我耳边唠叨的向来是另一句话，“你怎么就不能跟你哥多学学？”现在的反转对我们俩来说都有点吃不消。

查理从碗橱里取出一只杯子，接满了自来水。他从水龙头接水喝，不过是为了惹毛老妈。她张了张嘴，本来要跟平时一样来一句“不要喝，喝滤过的”，却又闭上了嘴。查理三两下喝光了整杯水，然后把没洗的杯子径直放回了碗橱，碗橱的门大敞着没关。

“妈，饶他一回吧。”查理走后，我对老妈说道。我气查理，但我也替查理窝着一肚子气。我们的父母训起人来毫不留情。查理成天跟老爸一起待在店里干活，日子只怕过得悲惨无比。我敢打赌，我爸会一边冲顾客们微笑、回答客人们关于接发、茶树精油以及如何养护受损发质的问题（我父母开了一家美容用品商店，专营针对黑人的护发产品，店名叫做“黑人护发”），一边抽空训查理两句。

老妈掀开蒸笼，瞧了瞧里面的韩式饺子。蒸汽扑上了她的眼镜。小时候，这一幕常惹得我哈哈大笑，老妈会装作她看不见我。至于现在，她却只是摘下眼镜，用抹布擦了擦。

“你哥到底是怎么回事？怎么会考试不及格？他从来不会考试不及格的。”

摘下眼镜的母亲看上去年轻了几分，漂亮了几分。觉得自己老妈漂亮，是不是很怪？可能吧。我敢肯定，反正查理绝不会这么想。查理的女友个个都很喜欢（共达六任之多），无一例外全是金发蓝眼的白人女孩，长得稍有点婴儿肥。

不对，我在瞎扯。查理曾经有过一任女友，名叫阿加莎，是他念大学之前的最后一任女友。

阿加莎的眼睛是绿色的。

老妈又戴上了眼镜，等待着，仿佛我会给她一个答案。猜不透未来是福是祸，让我妈深恶痛绝。不确定性是她的死敌，依我看，是因为她小时候在韩国过的穷苦日子吧。

“他从来不会考试不及格的。肯定是有什么事。”她说。

一听我妈的话，我气得更厉害了。也许查尔斯根本没有什么事。说不定，他挂科只不过是因为他不喜欢那门课。说不定，他就不乐意当个医生。说不定，他根本不知道自己想要什么。说不定，他只是变了而已。

可惜的是，我家不容任何改变。查理与我都踏上了从医的道路，无从脱身。

“你们兄弟俩就是过得太轻松了，美国真是消磨人的斗志。”母亲说。见鬼，要是每次听到这话我都能长个脑细胞，我早变成该死的天才了。

“我们出生在美国，妈妈。我们从来都没什么斗志。”

她对此嗤之以鼻。“面试怎么样？你准备好了吗？”她从头到脚审视着我，认定我还上不了台面。“在面试前把你的头发剪掉。”好几个月来，我妈一直不肯放过我，非要我把自己那截短短的马尾剪掉。我发出了一种模棱两可的声音随便糊弄过去。老妈在我的面前摆上了一碟饺子，我默不作声地吃着。

因为面试，父母才允许我请假一天，不去上课。虽然现在才早上8点，但让我待在家里继续这样的谈话是不可能的。我还没有来得及逃跑，她就交给我一只装着存款单的钱袋，吩咐我拿去店里交给老爸。

“你爸忘了带，你带过去给他吧。”她说。我敢打赌，她本来是打算在查理去店里之前把钱袋交给他的，谁知道刚才厨房里闹了那么一出，害得我妈把事情忘到了脑后。

我接过钱袋，拿起我的笔记本，磨磨蹭蹭地上了楼，准备换身衣服。要到我的卧室，先得走过一条长长的走廊。我经过了查理的卧室（房间门一如既往地关着），又经过父母的卧室。房间门框上倚着老妈的几张空白画布，还没有展开。今天店里不用我妈帮手，我敢打赌，她今天肯定盼着独自画会儿画，消磨一整天呢。最近一阵，她一直在画蟑螂、苍蝇和甲虫。我逗她说，她已经一脚踏进了“恶心昆虫期”，但跟她几个月前所处的“抽象兰花期”相比，我倒是更偏爱“恶心昆虫期”一些。

我干脆在空荡荡的父母卧室里多兜了一圈，想瞧瞧母亲有没有什么新作——她把这间屋用作了画室。果然，有一只大得不得了的甲虫。画布并不算大，但那只甲虫把整幅画布占得满当当的。她的画向来色彩明艳、美丽非凡，但用如此鲜亮的颜色一笔一画描绘昆虫使得画更美了。这幅甲虫画用的是深珠光绿、深珠光蓝和黑色。虫壳泛着微光，仿佛水上荡漾的油花。

三年前，母亲过生日的时候，父亲给了她一个惊喜：他雇了兼职的帮工，好让母亲无须每天都去看店。他还买了画布，加上一套新手入门级的油画颜料。在那之前，我还从未见过母亲为哪件礼物喜极而泣呢。从那天起，她便一直在画画。

回到自己的卧室，我不禁第一万次暗自琢磨（差不多第一万次吧）：若是我母亲当初没有离开韩国，她的人生会是什么样？若是她从未与我父亲相遇，若是她从未生下查理和我，她的人生又会是什么样？会不会现在已经是一名艺术家？

我穿上崭新的灰色定制套装，配上红色领带。“太艳了。”当初逛店置装的时候，老妈对那条领带就颇有微词。显然，除了在画作里，大红大紫是行不通的。我哄她说，红色会让我显得自信满满，她才给我开了绿灯。至于此刻，审视着镜中的倒影，我不得不夸一下：这套衣服确实让我显得自信满满，温文尔雅（没错，温文尔雅）。可惜的是，穿这身衣服是为了今天的面试，不是我真正在乎的事。我在手机上查了查天气：看来是用不着穿大衣。最高温度19摄氏度——堪称一个完美的秋日。

尽管老妈对待查理的态度让我有点恼火，我还是吻了吻她，满口答应剪掉头发，然后出了门。今天下午晚些时候，我的人生将乘上一辆列车，呼啸着向“丹尼尔·载浩·裴医生”之站驶去；但在那一刻之前，今天依然属于我自己。我将遵循冥冥中的一切安排。我要像鲍勃·迪伦的歌中唱的那样，任自己随风飘荡。我会装作未来充满希望，一切都有可能发生。

natasha

娜塔莎

世人常言：事出皆有因。我妈常说，“万事皆有因，塔莎”。通常，当人们遇上了麻烦，但麻烦又不算太大，就会说这句话。举个例子：没出人命的车祸。脚踝扭伤，而不是脚踝骨折。

可想而知，我妈说这话时，指的并不是我们一家的驱逐令。一家人被驱逐出境，此等滔天大祸还能有什么原因？我爸——整件事的罪魁祸首——倒是有句评语：“上帝的安排哪能动不动让你一眼看透。”我真恨不得告诉他，或许他不该把一切扔到上帝的手里，痴心妄想并非人生之道，可惜如此一来，我就不得不开口跟他搭话，而我偏偏不乐意开口跟他搭话。

人们这样说只是为了让一切显得合理，才能够接受。私底下，在内心深处，几乎人人都相信：人生有着某种意义，冥冥中自有天命。比如公正，比如操守。比如好人有好报，恶人有恶报。

没有人愿意相信，人生其实并无道理可循。我爸说，他搞不懂我怎么一副愤世嫉俗的德行，但我并非愤世嫉俗。我是个现实主义者。看清生活的真相，总胜过只看见你所希望的生活。并不是所有的事情都有原因，事情仅仅是发生而已。

不过话说回来，显然，如果没有迟到，我就不会遇见莱斯特·巴恩斯。如果莱斯特·巴恩斯没有提起“irie”一词，我就不会当场崩溃。如果没有当场崩溃，此刻我的手里就不会攥着某位律师的大名，某位赫赫有名、人称“救场王”的律师。

我经过安保，出了大楼。我有种没头没脑的冲动，想跟刚才那位门卫艾琳道声谢，这种行为太不像我了，不过她跟我之间隔着好几英尺的距离，正忙着摆弄其他人的物品呢。

我又查了一下手机留言。尽管贝芙身在加州，而加州现在又是凌晨5点30分，她却已经发来了一串问号。要不要跟她讲刚才的进展呢？算了吧，事情也算不上有什么进展。

“没什么进展。”我给贝芙回了一条短信。这时，我的心中再次涌上了自私的念头，盼着贝芙能在身边陪我。其实吧，我盼的是自己能跟贝芙一起周游大学，过着高中毕业班学生的普通日子。

我又低头审视着手中的纸条：“杰瑞米·菲茨杰拉德。”刚才，巴恩斯先生不肯让我借他的座机打电话跟律师预约。

“希望渺茫。”巴恩斯先生说了一句，接着便把我轰出了办公室。

浅显小知识一则：希望渺茫的事切勿掺和。事前最好先行掂量成败的概率，走有胜算的一条路。可惜的是，假如希望渺茫的那条路是你唯一的机会，你只怕非走不可。

irene

艾琳

待定史

午餐休息时，艾琳下载了“涅槃乐队”的专辑。她一连听了三遍。科特·柯本的歌声让她与娜塔莎颇有同感——入耳的是一种无可挑剔、美妙绝伦的痛楚，倾注着孤独与渴求的纤细嗓音，有股恨不得崩掉的劲头。在艾琳看来，倒还不如干脆崩掉的好呢。总强过求而不得地活着，总强过活着本身。

循着科特·柯本的歌声，艾琳一路沉沦，坠入一个终年不见天日的所在。她上网搜了搜科特·柯本，发现他的故事也并非喜剧收场。

艾琳订了一份计划。今天，将成为她生命中的最后一天。

事实上，多年以来，艾琳时不时便会冒出自我了断的念头。在科特·柯本的歌词中，她终于找到了应景的字眼。她写了一封没有收信人的遗书：“噢，好吧。无所谓。没关系。”

natasha

娜塔莎

一走出移民局大楼，我便拨通了电话。“我希望今天能约见律师，越快越好，拜托了。”我说。

接电话的女人听上去身处建筑工地。我听见电话里传来钻机声与碰撞声，不得不把自己的名字重复了两次。

“请问您有什么事？”对方问道。

我犹豫了片刻。身为非法移民，保守秘密是本能。被驱逐之前，我只告诉过贝芙一个人，虽然她的嘴也不算太严。

“一不小心就顺嘴说出去了嘛。”贝芙辩解道，仿佛她根本管不住自己的嘴。话虽如此，但就连贝芙也明白，帮我保守这个秘密是多么重要。

“您好，这位女士？您能告诉我有什么事吗？”电话那头的女子再次催问道。

我把手机贴近耳朵，一动不动地伫立在台阶中央。在我的身周，整个世界骤然提了速，像电影快进。上下台阶的人群抽搐着，速度是平时的三倍。头顶云朵逼近，太阳平移。

“我是非法移民。”我开口说道。我的心跳得飞快，好像刚刚跑完一段漫漫长路。

“请说一说详情吧。”对方回答。

于是，我告诉了她：我是个牙买加人。我八岁的时候，父母非法入境到了美国，自那以后，我们一家便留在了这里。谁知道，我爸酒后驾车，我们一家将被驱逐出境。莱斯特·巴恩斯先生认为，菲茨杰拉德律师能帮助我。

对方为我约了上午11点跟律师见面。

“我还能帮你什么吗？”她问道。

“不，没有别的事了。”我答道。

就我所在的移民局来说，菲茨杰拉德的律师事务所位于上城方向，靠近时代广场。我又查了一下手机：现在是早上8点35分。一阵微风吹起了我的裙摆，拂过我的头发。正值11月中旬，天气却出奇地温暖。也许我终究用不着穿皮夹克。真希望今年冬天不要太冷——脑子里刚刚冒出这个念头，我便立刻回过了神：等到今年冬天的时候，说不定我已经不在这儿，见不到纽约的冬天了。假如一个城市下雪，但是没有人见证，那还算冷吗？

会。答案是肯定的。

我裹紧了身上的夹克。我仍然难以相信，我的未来会跟自己计划中的模样截然不同。

还要再过两个半小时，才到跟律师会面的时间。从此处走到我念书的中学，只需十五分钟。有那么片刻，我琢磨着过去转一趟，最后一次看看校园。那是一所重点科学公立高中，入学竞争十分激烈，当初我拼了命才考进去。真是难以置信，到了明天，或许我就再也见不到它了。但想了想，我还是决定不回学校了：

会遇见太多人，大家又会问太多我不想回答的问题，比如，“你为什么今天没来上课？”

不如走上三英里，步行去律师事务所，借此打发时间。再说了，路上还会经过我最爱的黑胶唱片店。我戴上耳机，把《圣殿之犬》专辑放进了播放列表。毕竟，今天是走90年代油渍摇滚路线的一天——心浮气躁，伴着吵闹的吉他声。耳边响起克里斯·康奈尔的歌声，我听凭它带走了心头的几许忧虑。

samuel kingsley

塞缪尔·金斯利

悔恨史

第一部分

早在举家移居美国之前两年，娜塔莎的父亲塞缪尔已经到了美国。塞缪尔本来打算自己先行一步，在百老汇演艺界里混出点模样。要是没有家庭的负担，站稳脚跟好歹容易些。他可以随时去试镜，无牵无挂地结交纽约的演艺圈人士。刚开始的时候，金斯利一家本来只打算分开一年，结果后来变成了异地两年。要不是娜塔莎的母亲再也不肯等下去、也实在再也等不下去的话，只怕还会变成三年。

当时，娜塔莎只有六岁，但她记得那一通又一通打到美国的电话。凡是打到美国的电话，娜塔莎都听得出来，因为妈妈得多拨一长串号码。刚开始，打到美国的电话听上去还不赖。娜塔莎的父亲显得一如往日，显得很快活。

大约一年以后，他的声音变了样，多了某种搞笑的口音，比牙买加土语多了些抑扬顿挫，多了些鼻音。他听上去不再那么快活了。娜塔莎记得偷听到父母的谈话，当时她没有听见父亲的声音，但母亲的话已经说明了一切。

“你还指望我们等你多久？”母亲说。

“可是塞缪尔？我们在这儿，你在那儿，说是一家人，哪有什么一家人的样子。”母亲说，“跟你女儿讲去吧。”

后来有一天，她们却要永远离开牙买加了。娜塔莎跟她的朋友们道了别，跟家里其他的亲戚道了别，还一心以为会再见到他们，也许就在圣诞节期间呢。当时，娜塔莎还不知道偷渡到美国意味着什么，还不知道那意味着你再也不能重返家乡，意味着对你来说，家乡从此再不像是昔日故土，而是成了纸上又一个异乡的地名。启程离开的当日，她记得自己上了飞机，先是担心飞机如何才能穿越云层，后来才发觉云朵跟棉花团根本不是一回事。她也在心里暗自嘀咕：父亲还能认出她吗，还爱她和彼得吗？毕竟，他们跟父亲已经分开了太久太久。

父亲却一眼认出了她，他依然爱她。在机场，他紧紧地搂着娜塔莎姐弟俩。

“天哪，我真是想你们俩。”他说着把姐弟两人搂得更紧了些。看上去，他一点儿也没有变。在那一刻，他甚至听上去也没有变，一口跟过去一模一样的牙买加土语。他身上的味道倒是变了，闻上去有股美国肥皂、美国衣服和美国食品的味道。娜塔莎不介意。见到父亲太开心了，什么她都能适应。

独自一个人待在美国的两年里，塞缪尔住在他母亲的一位老友家，无须工作，靠以前的积蓄支付仅有的一丁点开销。

举家搬到美国以后，那样的日子没办法再过下去了。塞缪尔找了份工作，到华尔街的一幢大楼里当保安，又在布鲁克林的夫拉特布什给全家租了一套一居室的公寓。

“我搞得定。”他对娜塔莎的母亲帕特丽夏说。他专挑夜班去上，好腾出白天的时间去试镜。

可惜的是，白天他又累得精疲力竭。

没有人肯把角色给塞缪尔。不管他多么努力，都无法摆脱牙买加口音。帕特丽夏和娜塔莎的牙买加口音也是个麻烦，他千方百计想要教会她们“地道”的美式发音。

四处碰壁的日子并不好过。要进演艺界，你得有张厚脸皮，可惜塞缪尔的脸皮始终不够厚。拒绝像砂纸一样磨掉了塞缪尔的皮。时间长了，塞缪尔已经说不清究竟是什么让他撑下去：是他自己呢，还是他的梦想。

daniel

丹尼尔

认命的少年搭上了西行的7号线，驶向童年的尽头。

当然，此话可能是有点过于夸张，但感觉正是如此。本趟地铁是一趟不幸的魔法列车，风驰电掣地载着我从童年（快乐、随心所欲、趣味）驶向成年（凄惨、一眼望得到头、对他个人来说毫无乐趣可言）。等到下车的时候，我将会拥有一份人生蓝图，以及上得了台面的发型（即短发）。我将不再阅读诗歌（也不再写诗），只读各色风云人物的传记；我将对大事要事怀揣自己的看法，比如移民，天主教会在日益世俗化的社会中所扮演的角色，以及职业橄榄球队的无能。

地铁到站了，一半乘客下了车。我走到我最爱待的地方——车厢角落里的双人座，紧挨着车长室。我摊开手脚呈“大”字形，把双人座占得满当当的。

没错，确实招人厌。但我有个好的理由：凌晨两点钟（晚归时间早过了），整列车都是空的，一脖子上缠着一条巨蛇的男人却选择无视（大约）一千个空座，直接坐在我的旁边。

我从西装外套的里袋掏出了我的笔记本。因为到我最喜欢的理发店——曼哈顿34街——大约要一个小时，而我的诗还没写完。五十分钟后（三行烂诗过后），列车离我的终点站只有几站路了。“不幸的魔法列车”合上了车门。列车又朝隧道里开了大约二十英尺，居然慢吞吞地停了下来。车灯突然“吧嗒”一声灭了——还用说吗。一车人在车上足足坐了五分钟，列车长才决定还是跟乘客们通个气为妙。我本以为他会说些“本趟列车马上就会启动”之类的话，谁知道，他开口说的却是：

“女士们，先生们，直到昨天，我还跟诸位别无二致。跟诸位一样，我搭乘着一趟驶向虚空的列车。”

我的上帝。通常来说，脑子抽筋的人是乘车的，而不是开车的。同车的乘客纷纷挺直了腰。“怎么回事？” 我们一个个一头雾水。

“但是，我有了奇遇，有幸蒙受了神启。”列车长宣布。

不知道他是何方神圣（疯人镇，一号居民）。他咬字咬得太猛，听上去仿佛正一边布道一边微笑。

“上帝亲临，救我于水火。”列车长宣布。

车上乘客有人扶额，有人难以置信地翻起了白眼。

“上帝也会向你施以援手，但你必须敞开心扉。在你抵达终点之前，接受上帝吧。”列车长宣布。

这下连我也忍不住叫起苦来，双关句是最讨厌的。一位西装革履的男人大吼出声，让列车长闭嘴，老老实实地开车。一位妈妈则捂住了女儿的耳朵，让西装男别讲粗口。谁知道呢，《蝇王》的故事搞不好就会在7号线上演。

列车长传教士闭上了嘴，乘客们又在黑暗中呆坐了一分钟，列车才再次启动。列车驶进了时代广场站，车门却没有立刻打开。喇叭发出了一阵“噼啪”声。

“女士们，先生们，本次列车暂停营运。为你们自己着想，下车吧。假如有心追寻上帝，你终将有所斩获。”列车长宣布。

于是乘客们纷纷下了车，有几分如释重负，又有几分窝火。

人人都在奔赴下一个目的地。寻找上帝并不在日程之内。

natasha

娜塔莎

人类并非理性的生物。我们不听命于逻辑，而是听命于情感。假如人类真的受逻辑支配，世界只怕会更加美好。举个例吧，只不过区区一通电话，我已经开始期待奇迹了。

我可是上帝都不信的人呢。

the conductor

列车长

福音派信徒史

离婚害列车长吃了不少苦头。一天，列车长太太突然宣布：她不再爱他了。她说不出缘故，也没有外遇。没有什么第三者；只不过，她曾有过的满腔爱意已经化成了泡影。

离婚后的四年里，列车长多少变得不信神明。他还记得当初在上帝和众人面前许下的誓言。假如本该永远爱你的人突然变心，那世上还有什么可以相信？

他漂泊不定，辗转于不同的城市、公寓和工作之间。与这个世界几乎没有什么牵挂。他夜夜难寐，只靠一招助眠：看深夜节目，把电视调成静音。一帧又一帧影像会让他的心绪不那么烦乱，随后沉入梦乡。

有天晚上，列车长又看起了深夜节目，某个从未见过的节目却引起了他的注意。一名男子站在讲台上，面对着一大群听众。男子身后是一块巨大的屏幕，屏幕上播映出了此人的面孔。演讲者正在落泪。镜头切换至入迷的听众身上，其中一些动情落泪，但列车长看得出来，那并非悲伤的眼泪。

当天晚上，列车长整夜未眠。他调大了电视机的声音，熬了整整一夜看节目。

次日，列车长查了些资料，发现了福音主义，自此踏上了一段始料未及的旅程。列车长发觉，成为一名福音派基督徒有四个主要部分。首先，你必须重生。列车长深爱这一概念——全新的你清白无罪，值得被爱、被救赎。第二条与第三条：你必须全心笃信《圣经》，笃信基督之死是为世人赎罪。最后一条：你必须积极分享并传播福音。

正因如此，列车长在扬声器里向世人讲出了那番话。他怎能不与大家分享刚刚找到的幸福呢？真是满心欢喜。那是纯之又纯的幸福喜乐，源于坚定的信念，一心坚信你的生活有着某种目标，某种意义。一心坚信着，你的俗世生活也许无比煎熬，未来却有着一片乐土，上帝自会指引你前行。

一心坚信着：万事皆有因，即使是你曾经遭遇的种种艰难困苦。

daniel

丹尼尔

鉴于本人已经打定主意，要主导自己童年的最后一天，因此也懒得再等下一趟地铁赶去34街了。刚才那位列车长劝诫追寻上帝。也许上帝他就在时代广场，正等着被人找到呢。（上帝有可能是女人吗——开什么玩笑？上帝百分百是位男性。不然的话，又怎么解释战争、瘟疫和晨勃？）只不过，来到地面的时候，我猛然记起：时代广场恐怕是座活地狱（一个水深火热的深渊，充斥着各色大肆招摇七罪宗的霓虹灯招牌）。上帝才不会在这鬼地方出没呢。

我沿着第七大道走向理发店，一路留心着任何征兆。在37街上，我发现了一座教堂。我上了台阶，推了推门，可惜门是锁着的。上帝一定是在打盹吧。我环顾一周，依然没有发现任何异象。我四下寻找着蛛丝马迹——比如某位长发男子正点水成酒，手里高举着标语牌，宣称自己正是救世主本尊耶稣基督。

我一屁股坐到了台阶上——身上这套西装真倒霉。街道对面，人们正纷纷给一个摇来摆去的女孩让道。是位黑人少女，留着巨型鬈发爆炸头，戴着一个几乎同样巨型的粉色耳机，配有巨型耳罩，大可把各种声音通通屏蔽掉（也把整个世界屏蔽掉）。女孩闭着眼，一只手捂着胸口，十分自得其乐。

大约过了五秒钟，她才睁开眼睛，张望着四周，耸了耸肩，仿佛有点尴尬，接着匆匆溜掉了。不管这女孩听的是什么，一定很精彩，不然也不会害得她在纽约的人行道上忘乎所以。唯一让我迷到此种程度的是写诗，可惜我一直连点像样的东西也没写出来。

假如能够真心期盼我父母为我规划的人生，我宁愿不惜一切。假如我真的对当个医生热情满满，生活会轻松许多。医生这个职业似乎理应让人热情满满，毕竟是拯救人的生命。可惜的是，我只觉得：没劲。

我凝望着对街的女孩一步步走开。她把双肩包挪到了一侧的肩头，于是，我赫然望见她的皮夹克后背上印着超大的白色字母——DEUS EX MACHINA。解围之神。我的耳边响起了列车长的劝诫。难道，这正是所谓征兆？通常，我绝不是跟踪狂，严格说来，目前我也不算是在跟踪对方。我刻意跟对街女孩保持着半个街区的距离，因此没有半点显得变态之处。

她迈步进了一家店，店名叫做“基督复临唱片”。真没瞎扯。这一下，我算是心里有数了：还用说吗，百分百是个征兆。今日我将随风而舞，我可没开半点玩笑。我想知道，风究竟会吹往何处。

natasha

娜塔莎

我闪身躲进唱片店，免得眼见我在人行道上忘情摇摆的一众路人再直勾勾瞪着我——谁让我一时沉迷歌中难以自拔呢。克里斯·康奈尔的《饥饿来袭》总能迷倒我，副歌里的他听上去仿佛始终饥渴难耐。

与往常一样，“基督复临唱片”店里灯光幽暗，弥漫着尘灰和柠檬空气清新剂的味道。跟我上次逛店的时候相比，店里的布局稍微变了一些。以前唱片是按每十年时间分成一拨，现在则是按音乐流派摆放。每一区都贴着该风格的典型海报：油渍摇滚区张贴着“涅槃乐队”《没关系》专辑海报，痴哈区张贴着“强烈冲击”乐队《蓝线》专辑海报，说唱区张贴着N.W.A乐队《冲出康普顿》专辑海报。

我能在这里待上一天。如果今天不是今天，我真的会在店里消磨上整整一天，可惜眼下我既没有空，也没有钱。

我向痴哈区走去，发觉一对情侣正在唱片店后角落的流行天后区里亲热。两人的嘴唇紧紧粘在一起，挨着麦当娜《宛如处女》专辑的海报，害我根本无法望见两人的正脸。但是男孩的侧脸即使化成灰，我也一眼认得出来：他正是我的前任男友罗博。跟他亲得难舍难分的是凯莉，也正是当初罗博劈腿的对象。

偏偏遇上他们，偏偏是今天。罗博为什么不老实待在学校？他明明清楚这里是我的地盘。他甚至根本就不喜欢音乐。我的耳边顿时响起了老妈的话。“万事皆有因，塔莎。”这种话我是不信的，但今天这么倒霉必定有个合理的解释吧。要是贝芙陪在我身旁，那就好了。要是贝芙陪在我身旁的话，刚才我压根不会踏进唱片店的大门。她嫌弃这里“太老套，太没劲”。说不定，贝芙与我正在时代广场上点评各国游客，按路人的衣着评测人家的来历——无论刮风还是下雨，德国人只穿短裤。

仿佛眼睁睁目睹罗博与凯莉互相猛啃还不够让人反胃，我竟然又眼睁睁望见凯莉探出了一只手，攥住了一张唱片，先塞到他们两人中间，又塞进了她身上那件肥得不得了、正适合顺手牵羊的夹克。

不……是……吧。

眼前的场景不堪入目，但我并没有移开视线。真让人难以置信：痴情男女又互啃了几秒，凯莉的手竟然再度悄无声息地探了出来。

“天哪，他们恶心死了。他们怎么这么恶心？”我还没有回过神，话已经脱口而出。跟老妈一样，我也属于心直口快的类型。

“她就这样偷东西吗？”冷不丁地，我身边响起了一个同样难以置信的声音。我飞快地扭过头，向不速之客望去。是个亚裔少年，身穿一套灰色正装，配着一条红得离谱的领带。

我又扭过头，继续旁观。“店里没有人看着吗？难道没人看见有人偷东西吗？”与其说我是在问身边的亚裔少年，不如说是在自言自语。

“我们要不要打声招呼？”少年问道。

“打声招呼？”我说着向那对神偷示意。

“要不，跟店员打声招呼？”少年回答。

我摇摇头，避开对方的眼神。“我认识他们。”我说。

“小偷是你朋友？”亚裔少年的口吻略带不满。

“小偷是我男朋友的女朋友。”我回答。

红领带的注意力顿时从神偷情侣转到了我身上。“什么意思？”红领带问道。

“我的意思是前男友。”我答道，“当初他劈腿的对象，正是面前这一位。”见到罗博，我显然比意料中要心慌得多——势必正因如此，我才会主动把糗事告诉一个素未谋面的陌生人。

红领带又把注意力转回了眼前的罪案现场。“很般配，劈腿男配神偷女。”

我不禁轻笑一声。

“我们还是跟店家讲一声吧。”红领带提议。

我摇了摇头。“你去。”

“人多力量大。”他答道。

“要是我多嘴，岂不显得我在吃醋，破坏他们的好事。”

“那你是在吃醋吗？”

我又瞥了少年一眼。少年看上去满脸同情。

“这是私人问题，红领带。”我说。

他耸了耸肩。“刚才我们处得还蛮不错。”他说。

“没有。”我一边说，一边扭头偷窥对面的一对。罗博似有所觉，我还没有来得及把目光挪开，他便迎上了我的眼神。

“见鬼。”我低声叫苦。

罗博冲我露出他那蠢兮兮的招牌微笑，又挥了挥手。我差点冲他竖起中指。当初我是脑子搭错了哪根弦，怎会跟这种货色约会了八个月零四天？怎么忍得了跟小偷接吻？

我朝红领带扭过头。“那家伙正朝我们这边走过来？”我问道。

“没错。”红领带回答。

“我们应该假装亲热什么的，像间谍电影里演的一样。”我提议道。

红领带的脸涨得通红。

“开个玩笑而已。”我忍不住笑了。

红领带一声不吭，脸却红得更加厉害。我眼睁睁望见红晕泛上了他的面孔。

红领带还没有来得及镇定心神回答一句，罗博已经走到了我们身旁。

“嘿。”罗博说道。罗博有深沉、可靠的男中音，当初颇为让我心醉。此外，罗博看上去酷似年轻版鲍勃·马利，只不过摇身变成了白人，没有脏辫而已。

“你和你女友偷东西？”不容我开口，红领带已经插了嘴。

罗博见势高举双手，后退了一步。“哇噢，哥们，”他说，“小声点。”他的脸上又挂上了那蠢兮兮的招牌笑容。

红领带的声音却拔得更高了。“这是家独立唱片店，也就是说，属于家族企业。你们偷的是有血有肉的人。你们知道小店经营下去有多难吗？”

红领带义正词严，罗博竟然露出了一丝惭色。

“别扭头看，我想你女朋友刚被抓了个现行。”我又插嘴道。两名店员正气冲冲地压低声音跟凯莉讲话，边说边拍拍凯莉的夹克前襟。蠢兮兮的笑容终于从罗博蠢兮兮的脸上消失了踪影。他并未出手救美，反而将双手朝口袋里一插，一溜烟出了店门。凯莉冲着闪人的罗博大声呼救，但他没有停下脚步。一名店员声称要报警，凯莉先求他别报警，又从夹克里掏出了两张唱片。她的品位倒挺不赖，我一眼瞥见了“强烈冲击”乐队和“波提斯黑”乐队的唱片。

店员一把将唱片从凯莉手中夺了过来。“敢再跨进店门一步，我就叫警察。”店员说。

凯莉飞一般溜出了唱片店，高喊着去追罗博了。

“嗯，有意思。”凯莉闪人以后，红领带说。他露出灿烂的笑容，望向我的眼睛盈满了笑意。猛然间，我觉得眼前一幕似曾相识。我曾见过这双明亮的眼睛，见过这抹笑容。眼前这次交谈也发生过。

但那一刻转瞬即逝。

红领带伸出一只手，作势要跟我握手。“丹尼尔。”他自介道。

丹尼尔的手又大又暖，颇为温柔，握得稍微久了一些。

“很高兴认识你。”我说着抽回了手。对方的笑容打动人心，让人如沐春风，可惜，我没有时间跟西装革履、面带微笑的男孩周旋了。我又戴上了耳机。对方还在等我告诉他我的名字。

“丹尼尔，祝你人生美满。”我一边说，一边走出了唱片店门。

daniel

丹尼尔

准情圣与美女握手，给她的房贷提了个颇为合理的利率。

我居然握了握她的手。我身穿西装，打着领带，然后我和她握手。

我以为自己是谁？银行家吗？

谁会和刚认识的漂亮女孩握手？

查理肯定知道这种时候该说什么，恐怕两人正在某个幽暗又浪漫的地方喝着咖啡。她已经做起了白日梦，梦想着生个美籍韩非混血的宝宝了。

natasha

娜塔莎

出了店门，街道比刚才更加拥挤。熙熙攘攘的行人中既有从时代广场逛了一大圈过来的游客，也有恨不得让游客们滚回时代广场的纽约上班族。就在沿街不远处，我一眼望见了罗博与凯莉。我站在那瞪着他们看了一会儿。凯莉正在掉眼泪，罗博无疑正使尽浑身解数解释自己才不是个背信弃义的混蛋。依我看，他很有可能会得手。谁让他哄人颇有一套，凯莉又心甘情愿被他哄呢。

去年的大学预科物理课上，罗博是我的邻桌。我注意到罗博的唯一原因，是他问我同位素和半衰期的问题。毕竟在班上，我的成绩算拔尖的。随后一周，罗博通过了小考，接着约我去看了场电影。

我是恋爱新手，但它甚得我心。我喜欢课间跟罗博在储物柜旁碰头，而且周末总有安排。我喜欢大家把我跟他看作一对，而且加上贝芙及德里克，我们还可以两对同游呢。虽然现在我不愿意承认，但当初我确实喜欢罗博。然后他就劈腿了。我还记得当时感觉受伤、背叛，还异常丢脸，好像他劈腿是我的错。有一点我始终捉摸不透：当时他为什么非要脚踏两只船？为什么不干脆先跟我分手，再跟凯莉交往呢？

即便如此，忘记他也没有花太长时间，这倒是让我有些不安。那些感情都上哪里去了？人们花一生的时间寻找爱。无数的诗篇、歌曲和小说都在书写爱。但是，爱情的结束和开始一样猝不及防，怎么让人相信？

half-life

半衰期

衰变史

半衰期，即某种物质的浓度降低到其初始值的一半所消耗的时间。

在核物理学中，半衰期指的是不稳定原子发生放射性衰变至原数量一半所需的时间。在生物学中，半衰期通常指某种物质（比如水、酒精、药物）在体内浓度下降一半所需的时间。在化学中，半衰期指的是一半反应物（比如氢、氧）转化为产物（比如水）所需的时间。

在爱情中，半衰期便是对情侣心动减半所需的时间。

念及爱情时，娜塔莎想到的是：世上并无永恒之物。正如氢-7、锂-5或硼-7，爱情的半衰期极其短暂，倏忽之间化为乌有。而等到烟消云散的一刻，爱情便犹如从未来过。

daniel

丹尼尔

无名美少女在我前方的十字路口。我发誓没有跟着她，是她碰巧跟我同路。女孩又戴上了粉得不得了的耳机，再度随音乐摇摆起来。我无法望见她的正脸，但她应该是合着眼吧。她错过了一轮交通灯，结果我已经走到了她的身后。假如她现在转过身，势必认定我是在尾随她。红灯又亮了，她迈步下了路沿。

女孩心不在焉，没有留意到一辆白色宝马正要闯红灯。幸好，我离她够近。

我一把攥住了女孩的胳膊，将她猛地往后拽。她的脚踩上了我的脚。我们双双绊了一跤，朝人行道倒了下去。女孩半倒在了我的身上，她的手机却没这么走运，猛地磕到了路面上。

几位行人开口问我们是否还好，大多数人却径直从我们的身旁绕过：仿佛我们是纽约这座障碍训练场上的又一道关卡。

不知名的女孩挪开身子，低头望了望她的手机。屏幕上裂开了几道纹路。

“搞……什……么……鬼？”她一字一顿地说——与其说在发问，不如说是抗议。

“你还好吗？”我问道。

“那家伙差点杀了我。”女孩答道。我抬头张望，发现那辆宝马已经在隔壁街区的路边停下了。真想吼司机几句，但我又不愿意抛下她一个人。

“你还好吗？”我又问一遍。

“你知道它跟着我多久了吗？”她说。刚开始，我以为女孩指的是她的手机，但她恋恋不舍捧在手心的却是耳机。不知怎么回事，那副耳机在我们跌倒的时候摔坏了。一只耳罩从电线上摇晃着垂下来，耳机壳也裂了缝。

女孩看似马上就要掉下眼泪。

“我赔给你一副。”我赶紧说。为了不让她掉眼泪，我简直使尽了招——倒不是因为我有多高尚，只不过一见人哭，我就忍不住会哭。大家知道如果一个人打个哈欠，周围的人也会跟着打哈欠的现象吗？还有一个人呕吐，味道逼得旁人也想吐？我也是这样的人，只不过我会跟着哭。但是我可不愿意当着女孩的面哭，她的耳机还刚刚被我摔坏。

女孩看着想接受我的提议，但我敢说她不会。她果然抿紧了嘴，摇了摇头。

“不用客气。”我说。

女孩终于抬头凝望着我：“你已经救了我一命。”

“你本来也不会死，缺条胳膊少条腿倒有可能。”我回答。

我本想逗她笑，可惜无济于事。她眼睛里都是泪水。“今天真是糟糕透顶的一天。”她说。

我移开了眼神，免得对方看见我眼中泛上的泪光。

donald christiansen

唐纳德 · 克里斯蒂安森

金钱史

唐纳德 · 克里斯蒂安森懂得无价之物的价值。他的脑子里就存着一张又一张统计表。他知道飞机失事夺去的一条人命要多少钱，车祸夺去的一条人命要多少钱，矿难夺去的一条人命要多少钱。唐纳德 · 克里斯蒂安森一清二楚，因为他从事过保险业，给无妄之灾和意外事故定价，正是他的本职工作。

开车意外碾过某个心不在焉的十七岁少女，比起唐纳德自己的女儿丧生在某个开车发短信的司机轮下，赔偿价格要低得多。事实上，听到女儿丧命的消息时，唐纳德 · 克里斯蒂安森脑子里闪过的第一个念头，是肇事司机的保险公司会给多少赔付。

唐纳德在路边停下了车，打开警示灯，将头靠在方向盘上。他伸手轻抚上衣内袋里的酒瓶。有人能挺过这种事吗？唐纳德·克里斯蒂安森不这么认为。

车祸已经过去两年了，伤痛却从未离唐纳德远去；甚至没有一丝烟消云散的迹象，直至最终夺去他的一切。他失去了婚姻，失去了微笑，他吃不下，睡不着，什么也感觉不到。

他无法清醒地活着。

正因如此，刚才唐纳德才差点从娜塔莎的身上碾过。

唐纳德不知道，上天夺走他的独生女，究竟是在他身上打什么算盘，但他好歹明白了一点：无人能为失去一切标个价。另有一点：你的种种未来，都有可能在一瞬间被碾得粉碎。

natasha

娜塔莎

红领带从我身上移开了目光。难道，他快哭了？根本没道理嘛。他好心要买新耳机给我，但即使我真让他买，新耳机也取代不了这副旧耳机。

旧耳机是我们一家刚搬到美国时买的。当初买下耳机时，我父亲对他在这片土地上将要成就的一切还满怀希冀。他还在努力说服我母亲：远离我们出生的故土，远离我们所有的亲朋好友，最终将会是值得的。他会出人头地，他会实现连美国人也梦寐以求的“美国梦”。

为了让母亲买账，父亲借了我和弟弟之手。他给我们买分期预付的礼物——虽然就算靠着分期预付，那些礼物我家也不怎么付得起。不过，要是我们在美国过得开心，那么搬家终究是有意义的。

我并不在乎父亲为什么给我们买礼物。所有礼物中，那副贵得要命的耳机是我的最爱。我在乎的是：耳机是我最爱的颜色，有着“发烧友”音质。它堪称我的初恋，它知道我所有的秘密。它知道我曾经多么崇拜父亲，它也知道，对他的崇拜之情一扫而空，让我有些恨自己。

父亲在我心中的形象一度无比高大，但那仿佛已是好久好久以前的旧事。他曾经是一颗透着异域色彩的行星，而我是他最心爱的卫星。可惜的是，我父亲其实并非什么行星，不过是死去的星星的余光。而我，也并非一颗卫星。我是太空垃圾，正从他的身边飞速逃离，逃得越远越好。

daniel

丹尼尔

我还从未像留意她这样留意过任何人。阳光从她的发间穿过，仿若染上了层层光晕。她的脸上神情万千，黑而大的双眸，长长的睫毛，我想象得出自己久久凝望那对眸子的一幕。此刻，她的双眼显得黯淡无神，但我深知一旦她开怀大笑，那双眸子会显得多么神采奕奕。不知道我能不能让她笑。她的肤色是温暖盈泽的小麦色，她的双唇红润而饱满（我直勾勾盯着对方的嘴唇，可能盯得久了点）。幸运的是，她太难过了根本没有注意到面前是个多么浅薄（多么饥渴）的混球。

无名女孩从摔坏的耳机上抬起了眼神。我们目光相遇，我竟恍然有种“似曾相识”的感觉，但又并非重蹈昨日，却是窥见未来。恍然间，我仿佛见到老去的我与她。无法望见我们的脸；我不知我们两人身在何处，甚至身在何时。但我有种难以言表的感受，陌生而幸福。就像是我知道一首歌的每句歌词，却依然觉得是第一次听那样美。

natasha

娜塔莎

我站起身，掸掉身上的灰。今天恐怕已经衰到家了，拜托赶紧画上句号。“你刚才是不是在跟踪我？”我问红领带。对一个刚刚救我一命的人，我显得过于不耐烦和生气。

“天呐，我就知道你会这么想。”他答道。

“你就碰巧走到了我后面？”我摆弄着摔坏的耳机，千方百计把耳罩接上，可惜于事无补。

“说不定命中注定，今天我要救你一命呢。”他说。

我没有搭理。“好的，多谢你帮忙。”我一边说，一边准备动身离开。

“至少告诉我你叫什么名字吧。”他脱口而出。

“红领带……”

“我叫丹尼尔。”

“好的，丹尼尔。谢谢你救我一命。”

“你的名字还真长。”他直视着我的眼神。除非我老实交代，不然他是不会罢休的。

“娜塔莎。”我服软道。

还以为他会再次伸手跟我一握，他却把手揣进了衣兜里。“好名字。”

“很高兴你喜欢。”我用最不真心的语气回了一句。

他一声不吭，只是微皱着眉头端详我，若有所思。

我终于忍不住了。“你瞪着我干什么？”

他脸又红了，现在换我盯着他。我突然发现，让他脸红也很有趣。我明目张胆地用目光扫过他棱角分明的面孔。他长得很帅气，甚至风度翩翩。看着红领带西装革履站着，我简直想象得出他在某部好莱坞爱情喜剧黑白老片中出场，与剧中女主人公妙语连珠、互相打趣的一幕。他长着一对轮廓深陷、眼神清澈的棕色眼眸；不知怎的，我看得出，他时常微笑。他一头浓密的黑发梳成了一条马尾。

显而易见的事实：马尾让红领带从帅气档飙升到了性感。

“现在是你盯着我吧。”他对我说。这一下，轮到我脸红了。

我清了清嗓子。“你为什么穿正装？”

“稍后我有个面试。想去吃点东西吗？”

“什么面试？”我问道。

“耶鲁大学的入学面试，校友会面试。我申请了耶鲁的提前录取。”

我摇摇头。“没问面试。我是说，你为什么想吃点东西？”

“因为我肚子饿？”他问道，仿佛并不确定。

“唔，”我说，“可惜我不饿。”

“喝咖啡呢？或者喝茶，喝汽水、纯净水？”

“为什么？”我问道。这小子是不会罢休的——我回过了神。

他耸了耸肩，眼神却毫不动摇。“为什么不呢？再说，我很确定你还欠我一条命，因为我刚刚救了你一命。”

“相信我，我这条命你可不想要。”我对他说。

daniel

丹尼尔

我们两人朝第九大道走去，向西经过两个长长的街区，一路经过了至少三家咖啡店。其中两家是同一家全美咖啡连锁店的分店（谁亲眼见过有人拿甜甜圈蘸咖啡吗？）结果我没挑连锁店，挑了那家独立咖啡店——我们小店必须互相力挺嘛。

咖啡店内全是桃花心木与深色木质家具，闻上去果然不出所料。除此之外，店面装饰有点过火。说它“有点过火”，我指的是咖啡店墙上挂着几幅油画，每幅画中都是一颗孤零零的咖啡豆。谁知道世上还有咖啡豆肖像这种东西？而且咖啡豆还能显得如此孤独？

店里几乎没有其他客人，柜台后的三位咖啡师看上去百无聊赖。我点了一款十分讲究的饮品，也算借此帮咖啡师们调剂生活：饮品中调进了半杯烈酒、好几种含脂量各异的牛奶，再加上焦糖和香草糖浆。

咖啡师们依然很无聊。

娜塔莎点了一杯黑咖啡，不加糖。要想不把她点的咖啡跟她的个性扯上关系，还真不是件易事。我差点忍不住拿她开涮，不过一转念又想到她难免会认为我的笑话带有种族色彩，那我开启恋爱的第一步岂不蹩脚透顶？（蹩脚程度从“蹩脚”至“极度蹩脚”，包括“蹩脚”“有点蹩脚”“蹩脚得很”“蹩脚透顶”“极度蹩脚”）。

娜塔莎非要付账，说这是她应该的。我的饮品花了6.38美元，我告诉她，救人一命，好歹也值两杯精工细作的花式咖啡吧。她连笑也没有笑。

我挑了咖啡店深处的一张桌子。我们刚一坐下，她便掏出手机查时间。尽管屏幕上多了几道裂缝，手机倒还能用。她用拇指轻抚着裂缝，叹了口气。

“你赶时间吗？”我问。

“是啊。”她说着关掉了手机。

我等她继续说，但看来她是百分百不会开口了。她的神情像是在说：你再多问一句试试。只可惜，今日份的胆量已然被我挥霍一空（1=尾随女孩，2=叫嚣女孩的前男友，3=救女孩一命，4=约女孩喝咖啡）。

在一片让人如坐针毡的静默中，我们呆坐了三十三秒钟。我陷入了超级手足无措的状态，当你与陌生人在一起，你非常想让对方喜欢自己的时候就会这样。

我用对方的眼光审视着自己的一举一动：此手势是否让我显得很混账？我的眉毛是否在乱扭？这个笑容算得上性感吗，还是让我看上去像中风了？

我太紧张了，因此举动都很夸张：我吹咖啡，我啜咖啡，我搅咖啡。我在认真表演一个人类少年品尝咖啡。

谁知道，我吹咖啡吹得猛了些，一团泡沫飞了出去。我真是酷毙了，恨不得跟我自己约会（并不是）。我不太确定，不过，刚才泡沫飞溅的时候，女孩似乎笑了。

“还高兴吗，救我一命？”她开口发问。

我猛灌了一大口，结果不仅舌头挨了烫，就连喉咙也挨了烫。上帝啊！说不定这正是让我放弃的信号。显然，我是注定无法给面前这位留下什么好印象了。

“那我应该后悔？”我问道。

“嗯，我对你可算不上友好。”

她很直接，所以我也决定不绕弯子。“没错，不过我也没有时光机，没办法让时光倒流抹掉过去。”我板着脸说。

“那你会吗？”她微微皱起眉头，问道。

“当然不会。”我说。她以为我是个混蛋吗？

她起身暂离，说要去上洗手间。为免她回来见到我呆坐着显得无聊，我取出笔记本继续写起诗。娜塔莎从洗手间回来的时候，我还在推敲。

“噢，不是吧。”她一屁股坐回原位，叫了声苦。

“怎么啦？”我问道。

她指了指我的笔记本。“你不会是位诗人吧？”

她的眼中透着笑意，但我还是赶紧合上了笔记本，塞回了夹克里。

也许，这场约会是个烂招。感觉“似曾相识”——我在瞎扯些什么啊？我不过是在延迟未来的到来。有朝一日，我会娶个可爱的韩裔美籍女孩，正合父母的心意。跟查尔斯不一样，我对韩裔女孩并不抵触。据查尔斯称，韩裔女生不是他喜欢的类型，但我不懂为什么要有喜欢的类型。但凡是个女孩，就是我喜欢的类型。我为什么要限制自己的潜在恋爱对象？

我将成为一位出色的医生，医术高超。

我将拥有十分幸福的人生。

只不过，娜塔莎身上有些莫名的特质，让我不禁感觉：我的人生或许会与众不同。她还是凶一点的好，我们各走各路。我死活也想象不出我父母（主要是我爸）允许我跟黑人女生交往。

话虽如此，我仍打算最后放手一搏。"假如你正好有台时光机，你会用它做什么？"我问道。

自我们落座以后，娜塔莎第一次显得既不百无聊赖，又不气势汹汹。她皱起眉头，前倾身子。

"它能让时光倒流吗？"她问。

"当然。是一台时光机。"我说。

她瞥了我一眼，眼神仿佛在说"你不知道的太多了"。"时光倒流是个很复杂的议题。"她说。

"那假设那些复杂问题都解决了。你想干什么？"

娜塔莎搁下了手中的咖啡，在胸前抱起双臂，眼神亮了起来。

"'祖父悖论'也略过不提对吧？"她问道。

"完全忽略。"我扮出一副了然于胸的模样；可惜，她没有饶过我。

"你竟然不知道'祖父悖论'？"她用难以置信的口吻问道，仿佛我对世界的基本常识（比如，如何造人）都不知道。她竟是个科幻迷？

“不知道，不懂。”我说。

“行，那假设你有位恶祖父……”

“我祖父过世了。我只在韩国见过他一次，他看上去人品挺不赖。”

“你是韩国人？”她问。

“美籍韩裔。我出生在美国。”

“我是牙买加人，”她说，“我出生在牙买加。”

“可你明明没有口音。”

“嗯，我到美国已经有一段时间了。”她突然攥紧了咖啡杯，我能感觉到她的情绪急转直下。

“给我讲讲‘祖父悖论’好了。”我追问道，试图转移她的注意力。这招立刻奏效，她的眼睛又亮了起来。

“好哇。假设你的祖父还活着，是个坏人。”

“好吧，活着，还是个坏人。”我说着点点头。

“真的坏透顶，所以你发明了一台时光机，目的是回到过去，杀了他。假设你在你祖父遇见你祖母之前杀了他，那意味着你的父母中间有一个没有出生，你也没有出生，所以你无法回到过去杀掉你祖父。但是！假设你在你祖父遇见你祖母之后再杀了他，那么你就会出生，也可以发明一台时光机回到过去杀掉你祖父。”

“唔。没得说，彻底忽略‘祖父悖论’。”我回答。

“依我猜，诺维柯夫自洽性原则[1]也不用管喽？”她问道。

1.诺维柯夫自洽性原则，即俄罗斯理论物理学家伊戈尔·德米特里耶维奇·诺维柯夫于20世纪80年代提出的有关时间悖论的规则。该原则指出人可以回到过去，但不能因此改变历史的进程。

我之前觉得她很可爱，现在更加可爱了。娜塔莎眉飞色舞，显得神采奕奕。她比着手势，谈起麻省理工学院的研究人员，以及为避免悖论而调整的概率。

“所以，从理论上讲，你根本杀不了你的祖父，因为枪会适时哑火，或者你会心脏病发作……”

“或者，一位可爱的牙买加女孩会适时走进房间，打我个措手不及。”

“没错。总之会发生些离谱的怪事，把路封死，以免发生不可能之事。”

“唔。”我又说一遍。

“只‘唔’一声就完了吗？”她微笑着说。

她没说错——仅仅“唔”上一声确实不够，可惜我一时想不出什么聪明的话。一边看着她一边思考，对我来说可不是容易的事。

我颇为中意某个日语词：koi no yokan。不算是“一见钟情”，更接近“再见钟情”。当与某人相遇时，你油然心生一种感受：你将爱上对方。也许并非立刻坠入爱河，但你的一颗心无疑终将属于此人。

我敢说这是我此刻的感受。唯一的小问题（很有可能是无解的）：我也敢说，娜塔莎可没有同感。

natasha

娜塔莎

我没有告诉红领带，假设真有一台时光机，我会做什么：让时光倒流，抹掉我父亲一生中最辉煌的一天。确实自私透顶，但我就打算这么办，只有这样，我的未来才不会被彻底抹杀。

但是我没说，而是在给他解释科学。等到讲完，他便向我投来了“坠入爱河”的眼神。原来，红领带从未听说过“祖父悖论”的大名，也从未听说过什么“诺维柯夫自洽性原则”，多少让我吃了一惊。我本以为他是个宅男，因为他是个亚裔——话说回来，这样假设是我不好，因为我自己很讨厌别人随便对我下结论：比如喜欢说唱或者擅长运动。郑重申明一下：上述两则之中，只有一则属实。

且不提今天即将被驱逐出境，我本来也算不上恋爱的好对象。首先，我对稍纵即逝、无法证实的事物没有好感，而爱情既稍纵即逝，又无法证实。

另一则我不会向任何人提及的隐私是：我拿不准自己是否有爱的能力，即便只是一时。与罗博交往期间，我从未有过各种歌曲表达的感受。没有什么神魂颠倒、无法自拔的迷恋，他对我来说也不像空气。我真的喜欢罗博，喜欢凝望他，喜欢吻他；但我始终心中有数：即使没有他，我也活得下去。

“红领带。”我说。

“丹尼尔。”他死不松口。

“别对我动心，丹尼尔。”

他喷出了一口咖啡。“谁说我会对你动心？”

“你写东西的黑色小本子，和你的脸。你那张明明白白、毫不掩饰、谁也骗不了的脸。”

他又唰地涨红了脸——脸红就是他的生存状态。“我为什么不能爱上你？”他问道。

“因为我不会对你动心。”

“你怎么知道？”

“我不信什么爱情。”

“它又不是宗教，”他说，“不管你相信与否，爱情反正存在。”

“噢，真的吗？你能证明吗？”

“恋曲、情诗、婚姻制度。”

“拜托，不过是轻飘飘的话而已。你能用科学方法证明吗？能够观察、测量、进行试验并重复你的实验吗？办不到吧。你能把它切片、染色，然后在显微镜下研究吗？办不到。你能把爱情养在培养皿里，绘制它的基因序列图谱吗？”

“办不到。”红领带学着我的口吻，边说边笑。

我也不禁微微一笑。有时候，我确实太把自己当回事。

他从咖啡中舀出一层奶沫，放进嘴里。“你说那是轻飘飘的话，但你总不能否认，那些人都感受到了什么。”

我点点头。“感受到了稍纵即逝、无法度量的东西，人们不过是乐意相信。不然的话，他们就不得不承认，人生不过是祸与福的一串随机组合，直到死的那天。”

“在你看来，人生毫无意义也没什么大不了？”

“我有别的选择吗？这就是人生的本质。”我说。

红领带又喝下一匙奶沫，又发出一阵笑声。“所以你不相信命运、宿命，或者命中注定喽？”

“我又不是没脑子的傻蛋。”我绝对有点得意过头了。

红领带松了松领带，在椅子上往后一仰。他的一绺黑发从马尾里散落开来，我望着他将那绺乱发拢到耳后。刚才我那一番虚无主义论调非但没惹他生厌，反而让他更自在了。他几乎是愉悦的。

“我还没见过有人居然能把这么荒谬的事说得这么迷人。”听他的口吻，仿佛我是什么奇珍异宝。

“你觉得很迷人？”我问道。

“我觉得很有趣。”他回答。

我四下打量了咖啡馆一圈。不知不觉间，咖啡馆里已经坐满了顾客。人们在吧台边排起了队，等待所点的饮品。扬声器里播放着“珍珠果酱”乐队的歌——又是一支我无比钟爱的20世纪90年代油渍摇滚乐队。我情不自禁。我不得不闭着眼倾听艾迪·维达唱起副歌。

再次睁开眼睛时，丹尼尔盯着我。他往前挪挪身子，好让身下的椅子四腿着地。“假如我告诉你，我可以靠科学方法让你爱上我，你觉得怎样？”

“我会嗤之以鼻。”我回答，“权当笑话。”

multiverses

多元宇宙

量子史

谈起“祖父悖论”，或许有一条解决之道，那便是最初由休·艾弗雷特[1]提出的“多元宇宙论[2]”。根据“多元宇宙论”，我们的过去未来存在无数种版本，只不过存在于某个平行宇宙。

在量子层面，就每一个事件而言，当前宇宙会分出多重宇宙。这意味着，对于你做出的每一个选择来说，都存在无数个你做出了不同选择的宇宙。

该理论巧妙地规避了“祖父悖论”：它假定存在不同的宇宙，其中存在各种可能的后续发展，从而避免了悖论。

在这一设定下，我们大可经历多重人生。

比如，在某一重宇宙中，塞缪尔·金斯利并未毁掉亲生女儿

1. 即休·艾弗雷特三世，又译休·艾弗莱特（1930—1982），美国量子物理学家。

2. 又称多世界诠释，指的是一种在物理学中尚未证实的假说。在我们的宇宙之外，很可能还存在着其他的宇宙，而这些宇宙是宇宙的可能状态的一种反映，这些宇宙的基本物理常数可能与我们所认知的宇宙相同，也可能不同。

的人生。在某一重宇宙中，塞缪尔·金斯利确实毁掉了亲生女儿的人生，但娜塔莎还能补救。在某一重宇宙中，塞缪尔·金斯利毁掉了亲生女儿的人生，而娜塔莎无力回天。此时此刻，娜塔莎拿不准自己活在上述哪一重宇宙。

daniel

丹尼尔

本地少年打算靠科学泡妞。

科学地陷入爱河可不是我在胡诌，《纽约时报》登载过一篇相关文章。

某研究人员将两个人请进实验室，让实验对象互相问对方一些亲密问题。实验对象还须正视对方的眼睛四分钟，这期间不许讲话。我敢说，目前我是不会逼她与我对视四分钟的。而且说实话，读到上述文章的时候，我也并不买账。强扭的瓜甜不了，对吧？爱情要复杂得多。挑上几个人，让他们互相问几个问题，然后爱情便开花结果？哪有这么简单。爱情势必少不了月亮和星星，这我敢确定。

不仅如此。

据《纽约时报》上述文章声称，实验结果是：两名实验对象相爱并且结了婚。我不知道他们是否还在一起。（我也不太想知道，因为如果他们还在一起，那就证明爱情不是我想象中的那么神秘，而是可以在培养皿中培养的。假设他们离婚了，那就证明爱情确实转瞬即逝，正如娜塔莎所说。）

我取出手机，查了一下上述研究。总共36个问题，其中大多数都蠢到家，不过也有些还过得去。我喜欢对视这一项。

科学的事我都喜欢尝试。

natasha

娜塔莎

他告诉我一个实验室、问题与爱情的研究。我保持怀疑，也是这样告诉他的。其实我有点儿好奇，但没告诉他。

“坠入爱河的五大要素是什么？”他问我。

“本人不信爱情，还记得吗？”我拿起勺子搅了搅咖啡，尽管根本没什么可搅。

“那情歌究竟是在唱什么？”

“简单。”我说，“欲望。”

“婚姻呢？”

“嗯，欲望渐渐褪去，然后孩子要养，账单要付，在某种程度上成了一种具有共同利益基础的友谊，让社会与下一代得益。”我话音刚落，音乐也正好放完。有那么片刻，我们的耳边只有玻璃杯碰撞的声音与奶沫的声音。

“唔。”他若有所思地说。

“你真爱说‘唔’啊。”我说。

“本人极不同意你的观点。”他理了理马尾，竟一根也没有拂上脸颊。

显然，我想看他满脸头发的样子。

跟红领带聊得越多，他便越显帅气。我甚至喜欢他一本正经的模样，尽管一本正经的家伙通常让我无法忍受。或许，是惹火的马尾冲昏了我的头脑吧。只是因为头发而已，我告诉自己。头发的功能是给头部保暖，并使之免受紫外辐射，本身没什么性感的。

“我们究竟在聊什么？”他问道。

我说科学，他说爱情，我们都笑出了声。

“所以，要素有哪些？”他再次追问。

“共同利益、社会经济兼容性。”

“你这人没有灵魂吧？”他问。

“世界上根本没有‘灵魂’这回事。”我答。

红领带闻言忍俊不禁，仿佛我在开玩笑。“唔，”发觉我并非开玩笑之后，他说，“依我说，要素包括友谊、亲密感、道德兼容性、生理吸引，以及未知因素。”

“什么‘未知因素’？”

“无须担心，”他说，“我们已经具备了。”

“真不赖，”我边笑边说，“只不过，我依然不会爱上你。”

“给我一天时间吧。”他突然严肃起来。

“这可不是什么挑战赛，丹尼尔。”

他却一声不吭，用一双明亮的棕色眸子紧盯着我，等我开口。

“给你一个小时吧。”我说。

他皱起了眉。“只给一小时？然后呢？你会变成南瓜吗？”

“我约了人，然后我就得回家了。”

“约了什么人？”他问。

我没有回答，放眼环顾着咖啡馆。一名咖啡师高声喊出一连串点单。有人放声大笑，有人绊了一跤。

我又搅了搅咖啡，尽管根本用不着。“我不会告诉你的。”我说。

“好吧。”他说，不为所动。

红领带已打定主意要出手，他的猎物是我。我隐隐有种感觉：此人或许很有决心，很有耐心。我几乎要佩服他了，可惜，他不知道的是——到了明天，我将在另一个国家落地生根。到了明天，纽约将不再有我的影踪。

daniel

丹尼尔

我给她看了我手机上的内容，我们争论起了该挑哪些问题，因为没时间答完36个问题。娜塔莎打算跳过四分钟深情对望一关，休想。眼睛可是我的杀手锏。历任前女友都喜欢我的眼睛（好吧，某任女友——好吧，我只有过一任女友）。据格蕾丝（前文提及的唯一一位前任女友）称，我的眼睛像宝石，尤其酷似墨晶（格蕾丝酷爱手制珠宝）。格蕾丝第一次如此夸我时，我们正在她的卧室里亲热，结果她中途停止，立刻去取了一件手制珠宝给我看。不管怎样，总之，我的眼睛像水晶（墨晶），颇讨女生欢心（至少已迷住过一位女生）。

研究问题分为三类，一类比一类私密。娜塔莎本想全挑最不私密的第一类，被我一口回绝。

从第一类（亲密度最低）中，我们挑中了下列问题：

1. 假设可从世上所有人中任意挑选，你想邀谁一道共进晚餐？

2. 你希望出名吗？以何种方式？

7. 私底下，你是否能预感到自己将如何死去？

从第二类（中等亲密度）中，我们挑中了下列问题：

17. 你最宝贵的一段记忆是什么？

24. 在你看来，你与你母亲的关系怎样？

从第三类（亲密度最高）中，我们挑中了下列问题：

25. 实验对象须以“我们二人”为题眼，表述出三种真实情形。例如，“此刻我们二人共处一室，感觉……”

29. 将你生活中的尴尬一刻告诉对方。

34. 你的住宅着火了（你名下一切都在屋内）。将亲友与宠物救出火海后，你尚有时间冲进室内救出最后一件东西。请问你会从火海中带出什么？原因又是什么？

35. 在所有家人当中，谁去世会让你最为困扰？为什么？

到最后，娜塔莎和我总共筛出了十个问题，因为娜塔莎认为：就第24题来说，我们不仅该聊聊跟母亲的关系，还该聊聊跟父亲的关系。

“为什么总是责怪妈妈没有养好小孩？爸爸同样能毁了儿女的人生。”听娜塔莎的口吻，仿佛颇有切身之痛。

她又取出手机查了查时间。“我该走了。”她说着将椅子往后一推，匆匆站起身。桌子晃了晃，她那杯咖啡溅出了几滴。

“见鬼，真见鬼。”她说——反应有点过头了吧。我恨不得问一下她究竟约了什么人，问一下她老爸究竟怎么回事，但我心知目前还是闭嘴的好。

我站起身，取了几张纸巾，擦干净洒出的咖啡。娜塔莎向我投来一抹眼神，半是感激，半是恼火。

“我们走吧。”我提议。

“好，多谢。”她回答。

娜塔莎绕过排队买咖啡的人群，出了店门，我远远凝望着她。我不该直勾勾盯着她的腿，但那双腿委实迷人（能进入我见过的前三），我的手想要触摸那双腿，也想继续和她聊天（更想摸腿），可惜，她是绝不会答应的。要么，娜塔莎正千方百计把我甩掉，要么，我们两人正在进行一场我毫不知情的竞走比赛。她一溜烟越过几名慢吞吞的行人，沿着人行道旁的脚手架穿梭而行，不必躲避行人而放慢速度。

也许我确实该罢手了，我说不清自己为什么还没有罢手。宇宙显然是想拦住我犯傻。我敢打赌，假如留心找一下“分道扬镳”的征兆，我肯定能找到。

“我们要去什么地方？”她停在一个路口，我开口问娜塔莎。剪发这件事恐怕得等等了。但话说回来，谁说留长发的学生不能上大学。

“我是去市中心赴约。你是紧追不舍跟在我屁股后面。”

“说得太对了。”我装作没有听懂娜塔莎的言外之音。

我们过了马路，一声不吭地走了几分钟。不少商家已经打开店门：气温冷得不宜打开空调，却又热得不宜关上店门。老爸想必也已经打开我家小店的店门了。娜塔莎与我经过了一家电器店，店内灯火通明，橱窗摆得满满当当，货品上件件都贴有“大甩卖！”字样红色标签。纽约城里有好几百家出这招的店铺，真不明白它们怎么还挺得住没倒闭。

“谁会上那种店买东西?”我不禁说出了口。

“喜欢讨价还价的人呗。”娜塔莎回答。

又走过半个街区，我们又经过了一家几乎一模一样的店铺，不禁双双笑出了声。

我取出手机。“嗯，准备好回答问题了吗?”

“你还真是死缠烂打啊。”她没有正视我的眼神。

“应该说是‘不屈不挠’。”我纠正了她的用词。

她放慢脚步，向我望过来。“你不是真认为拿几个有点深度的哲学问题来问我，就会让我们两个人坠入爱河吧?”说到“有点深度”“哲学”和“坠入爱河”几个词时，她作势在空中打着引号（空气引号真惹人烦）。

“当作一项实验好了。”我说，“之前你不是很推崇科学方法吗?”

她微笑了一下。

“科学家才不该拿自己做实验。”她回嘴道。

“就算是‘牺牲小我，成全大我’也不行?”我问，“为人类所拥有的知识添砖加瓦也不行?”

她开怀大笑。

natasha

娜塔莎

用科学方法对付我是个聪明的方法。

四条显而易见的事实：此人傻乎乎的。且太过乐观。太过认真。十分擅长逗我笑。

“第一题好难，”他说，“我们从第二题开始好了：你希望出名吗？以何种方式？”

“你先答。”我答道。

“我想成为著名诗人指挥官。”

还用说么。显而易见的事实：他是个无可救药的浪漫派。

“你会破产的。”我点拨他道。

“身无分文，却字字珠玑。”他立刻回嘴。

“我现在就要吐在人行道上。”我的声音吵了点，一位身穿职业装的女子赶紧对我们敬而远之。

“我会帮你收拾干净。”红领带说。

真的，他做人也认真过头了吧。“‘诗人指挥官’是干什么的？”我问道。

“提供富有洞见、诗意的建议。国家领导若是遇上棘手的哲学问题，便会向我求援。”

“然后你写诗帮他们解决问题？”我话里的不可置信是个人都能听得出来。

“念上一首也行。”红领带稳如泰山地真诚回答。

我不禁装作要吐。

他用肩膀挨我一下，伸手扶住我的后背。后背的那只手太让人怦然心动，因此我加快了脚步，躲开了它。

“你大可以愤世嫉俗，很多的生命都可以被诗歌拯救。”他说。

我仔细审视红领带的脸，寻找着开玩笑的蛛丝马迹——但没有，他讲的竟然是真心话。是很贴心，而且傻乎乎的。主要是很贴心。

“你呢？你想要什么样的名声？”他问道。

这个很简单。“我会当个宅心仁厚的独裁者。”我说。

红领带哈哈大笑。“看中哪个国家了吗？”

“全世界吧。”我说，他又哈哈大笑起来。

“独裁者无不认为自己‘宅心仁厚’，挥舞着大砍刀的独裁者也这样想。”

“我敢肯定，杀人如麻的独裁者知道自己是贪婪、嗜血的混蛋。”

“但你不当暴君？”他问道。

“不当。只做仁君，我来决定什么对大家都好然后推行。”

“但如果对一些人来说是好的，但是对另一些人来说不好呢？”

我耸了耸肩膀。“没法让所有人都高兴。作为我的‘诗人指挥官’，你大可祭出一首好诗安慰失意者嘛。”

“讲得真棒。”他展颜一笑。他又取出手机，开始翻看问题。我飞快地瞥了一眼自己的手机。有那么一秒钟，手机屏幕上的裂缝吓了我一跳，直到我猛然记起了刚才摔的那一跤。今天真是倒霉。我不禁想起多元宇宙，不知道我的手机和耳机在其他平行宇宙能否逃过一劫？

在某平行宇宙之中，我今天会听老妈的话待在家收拾打包。我的手机与耳机平安无事，但我未能邂逅丹尼尔。

在另一个平行宇宙之中，我赶去了学校，平安无事地上着英文课，逃过了差点被车撞的一劫。不过，我还是未能邂逅丹尼尔。

在某个丹尼尔依然缺席的宇宙之中，我确实去了移民局一趟，却并未在唱片店里遇见丹尼尔，于是我们两人根本不会搭上话，我也根本不会因此耽搁时间。在宝马车司机现身之前，我便已经抵达那条人行横道，因而绝无差点发生车祸的可能，我的手机与耳机则完好无损。

当然，平行宇宙数不胜数，其中之一便是我邂逅了丹尼尔，他却未能在人行横道上救我一命，刚才被撞飞的也不止我的手机和耳机。

我叹了口气，查了查菲茨杰拉德律师事务所究竟有多远。还有十二个街区。不知道修好手机屏幕要花多少钱？或许我根本无须修手机。到了牙买加，或许得新买一部手机。

正在这时，丹尼尔打断了我的思绪，让我有些感激。只要是跟挥别纽约有关的事，我根本不愿去想。

“好，”丹尼尔说，“来答第七题好了，你是否能预感到自己将如何死去？”

“据统计，美国黑人女性最有可能于78岁时死于心脏病。”我说。

我们又走到了一条人行横道旁，丹尼尔拉了我一把，以免我离路边太近。他的动作和我的反应如此默契，仿佛已经上演过无数次。他捏捏我的手肘，又轻轻一拉。我朝他退去一步，任他护着我。

“这么说，心脏病会要你的小命，对吧？”他问道。有那么片刻，我浑然忘了我们正谈论如何死亡。

“很有可能。”我说，“你呢？”

“被谋杀。在加油站、酒类商店诸如此类的地方吧。一个持枪歹徒意图打劫，我则想逞英雄，谁知犯了傻，比如撞倒了一堆易拉罐，吓得劫匪屁滚尿流，结果害得血流成河，上了十一点新闻。”

我不禁哈哈大笑。“这么说，你是个无能的英雄？”

“是挺身而出想当个英雄，结果害死了我自己。”他答道。我们都笑了。

我们过了街。“走这边，我们要去第八大道。”我告诉红领带——他正准备直走，而不是右拐。

他转过身，朝我咧嘴一笑，仿佛我们正在经历一场惊天大冒险。

“稍等。”他一边说，一边脱掉外套。紧盯着人家脱外套，似乎亲密得有点诡异，于是我掉转目光遥望着两个凶巴巴的老头在离我们几英尺远的地方为一辆出租车吵嘴，尽管附近明明至少有三辆出租车没人坐。

显而易见的事实：人类并不理智。

“你的背包能装下吗？”丹尼尔一边问，一边将脱下的外套递给我。我知道他不是脱下来让我穿，仿佛我是他的女友。只不过，帮他背着外套，感觉竟比眼睁睁盯着他脱外套还要亲密。

“你确定？”我问道，“会弄皱的。”

“不要紧。”他说。丹尼尔又将我领到一旁，以免挡住其余行人。突然之间，他跟我挨得很近。在此之前，我还从未留意到他的肩膀。他的双肩在一秒钟前有这么宽吗？我将目光从他的胸膛掉开，挪向他的面孔，可惜这招并未让我稳住脚步。日光之下，他的眼睛显得愈加清澈，愈加墨黑如玉，堪称美丽。

我赶紧从肩上卸下背包，正好放在我们两人中间；丹尼尔不得不后退一步。

他把外套四四方方地叠好，放进背包。

他的衬衫雪一样白；脱掉外套后，鲜红的领带显得格外惹眼。他穿日常服饰会是什么样？他的日常服饰又会是什么呢？毫无疑问，定是T恤加仔裤——全天下美国少年的统一着装。

牙买加少年也一样吗？

想到这我的心情不禁灰暗起来。我可不想从头再来一遍了。刚搬到美国时，我们已经吃过一次苦头，我可不愿再去摸清另一所高中的门道，再琢磨一次该穿些什么、去哪里玩，再交一次新朋友，再混一次小圈子。

我风一般绕过丹尼尔，迈开了脚步。“美籍亚裔男性最有可能死于癌症。”我说。

他皱了皱眉，三步并作两步追了上来。“是吗？真烦人。哪种癌？”

“我不确定。”

“或许我们该查一下。”他说。

“我们”二字从他嘴里说出来，仿佛他跟我将来会并肩携手，对方的生死对我们至关重要一样。

“你真觉得你会死于心脏病？”丹尼尔问道，“不是什么更传奇的死法？”

“谁在乎什么传奇？死就是死。”

他却只是眼睁睁瞪着我，只待我的回答。“服了你了，”我说，“真不敢相信我会跟你说这些，我觉得自己会溺水而亡。”

“例如在万丈汪洋之中，为了救人一命而溺亡？”他说。

“例如在酒店泳池的深水区。”我说。

他停下脚步，又把我拉到了一旁。世上再无比丹尼尔更体贴周到的行人了吧，大多数人都会干脆在人行道正中停下脚步。“等等，”丹尼尔说，“你居然不会游泳？”

我把头往夹克里一缩。“不会。”

他搜寻着我的目光；他正在偷偷笑我，却又努力憋住笑呢。“可你不是牙买加人吗？你在绿水环绕的地方长大啊。”

“说什么岛国传统也没用，反正我就是不会游泳。”我说。

我看得出他很想嘲笑我，但好歹忍住了。“我会教你的。”他说。

“什么时候？”

“有朝一日吧，总之很快。你在牙买加的时候会游泳吗？”他问道。

“会。不过后来我家搬到了这里，大海变成了泳池，我又不喜欢氯的气味。”

“现在有海水泳池了，知道吧？”他说。

“船已经出海，来不及了。”我说。

这一下，丹尼尔可真拿我开涮了。“你的船叫什么？在四面环水的岛国长大的女孩不会游泳。”

我不禁笑出了声，狠狠在他肩头捶了一拳。他顺势捉住我的手握住；我则千方百计浇灭心中的那抹希冀——我只盼他能兑现教我游泳的诺言。

daniel

丹尼尔

我是一名编撰《娜塔莎之书》的学者。以下是我目前为止所知道的：她是个科学迷。她的脑袋可能比我聪明。她的十指比我的略长，握在掌中很舒心。她喜欢焦虑的音乐。她有个神秘约会，不知什么缘故很让她忧心。

“再跟我讲一遍，你为什么穿正装？”她问道。

我大声、充满感情地长叹一声：“我们还是聊上帝好了。”

“总该轮到我问问题了吧。”她说。

人行道脚手架下，我们一前一后地走着（无论何时，曼哈顿约有99%的地方正在施工）。

“我申请了耶鲁大学，稍后要参加某耶鲁校友坐镇的面试。”

“你紧张吗？”我们再次肩并肩往前走时，她问道。

“只有在乎才会紧张吧。”

“看来，你是一点都不在乎？”

“我半点儿都不在乎。”我说着笑出了声。

“所以是你父母逼你去的？”

街上忽然传来一阵叫嚷，吸引了我们的注意。只是某的士司机在吼另一位司机而已。

“我父母是第一代韩裔移民。”我解释道。

她放慢脚步，凝望着我。“我不懂这代表什么。”她说。

我耸了耸肩。“这意味着，我想要什么并不重要。我得去念耶鲁。我得当个医生。”

“但你并不想要这些？”

“我说不清自己想要什么。”我说。

从她脸上的神情看来，我说了句最不该说的话。她转过身，加快了脚步。“嗯，那你不如当个医生好了。”

“刚刚我怎么惹到你了？”我追上她，问道。

她摆摆手，示意作罢。“反正是你的人生嘛。”

我有种考试即将挂掉的感觉。“唔，那你以后想做哪行？”

“当个数据科学家。”她毫不犹豫地答道。

我刚刚张开嘴，还没有来得及把一句“什么鬼”说出口，娜塔莎已经用一套滚瓜烂熟的说辞截住了我的话头：对她的职业选择，我显然并非第一个觉得很鬼扯的人。

“数据科学家分析数据，把无用信息和重要信息区别开，识别模式，得出结论，并根据分析结果提供解决方案。”娜塔莎说。

“要用到电脑吗？”

“当然，”她说，“世上的数据多得数不清。”

“真务实。你是不是从来都心里有数，知道自己想当个什么样的人？”我的语气掩饰不住嫉妒。

娜塔莎再次停住了脚步——按这种走法，我们只怕永远也到不了她的目的地。“这跟宿命无关，是我选择了这份职业，不是它选择了我。我不是命中注定要当个数据科学家。学校图书馆里有个职业区，我在那里查了一下正在蓬勃发展的科学领域，数据科学家出现了。不是命运的指引，只是一点调研。”

“其实不是你的激情所在？”我说。

她耸了耸肩，又迈开脚步。“这个职业符合我的性格。”她说。

“难道你不想做你热爱的事吗？”

“为什么？”她问，仿佛真的不懂热爱一件事物的魅力。

“因为你会把整整一辈子花在‘还算凑合’的事情上。”我拒不改口。我们绕过一辆售卖椒盐卷饼及热狗的美食车，车前已经排了一队人，闻上去有股德国腌菜和芥末的味道（也就是天堂的美味）。

娜塔莎皱起了鼻子。“如果追求永远无法实现的目标，这辈子恐怕会更长。”

“等等，”我伸出一只手挽住她的胳膊，拦住了她，“谁说梦想不会成真？”

她闻言斜睨我一眼。“拜托，你知道有多少人想当演员、作家和摇滚明星？多得不得了。其中百分之九十九不会成功，余下百分之零点九遂了心愿，结果几乎赚不到几分钱，也就剩下的百分之零点一功成名就。其他人不过是在浪费生命，竭力成为那百分之零点一而已。”

“你说话的样子像是我爸。”我问道。

“我听上去很像个五十岁韩国大叔？”

“是，不过你没有口音。”我答道。

“嗯，他也只是为你着想。等你成了开开心心、赚着大钱的医生，你会感激他——好歹你没去当个饿肚子的艺术家，一边暗自恨死了你的日常工作，一边做着功成名就的白日梦。”

我说不清她是否意识到了一点：她对“扼杀热情”一事真是热情满满。

她眯起双眸，扭头向我望来。“你该不会真的想当个诗人吧？”

“怎么可能！”我假装生气。

这时我们经过了一位高举标牌的男子，标语牌上写着“时运不济，敬请援手”。一名载着乘客的出租车司机朝另一名载客的出租车司机长长地摁响了喇叭。

“难道在十七岁这般高龄，我们就该深悉自己整整一生想干哪行？”我问道。

“难道你不想知道？”她问。娜塔莎不喜欢不确定。

“应该是的吧？我倒希望能同时过上十重人生。”

她又冲我摆摆手。“哎。你只是不想选择而已。”

“我不是这个意思。我不想做对我自己来说没有意义的事。要是上了这趟车，那它永远不会停。耶鲁大学。医学院。住院医生实习。结婚生子、退休、养老院、殡仪馆、墓地。”

或许是因为今天与众不同，或许是因为遇见了她，此时此刻，一字不差地说清我的想法显得格外重要。

“人类拥有强大而美妙的大脑。人类发明了飞行器，会飞。人类写诗歌。或许你烦死了诗，可是——‘我怎么能够把你来比作夏天？你不独比它可爱也比它温婉？’[1]谁能拒绝这样的诗句？我们

1.出自莎士比亚十四行诗第十八首，本句为梁宗岱译文。

有能力活得精彩，有能力成就历史。那又为什么要委屈凑合？为什么要选择实用，选择世俗？我们本就是为梦想而生，为梦想成真而生。”

一番话讲得比我预想中要更激动，因为字字都是我的真心话。

她的目光迎上了我的目光。我们之间似乎多了一丝一分钟前尚不存在的情愫。

我在等她反驳，但她没有。

宇宙驻足，翘首以待。

她摊开手，准备握我的手——她本就该与我十指紧握。我们命中注定要携手一起走下去。我从她的眼中读出了这一点：我们注定是要在一起。这件事我很有把握，正如我拿不准其余一切。

但她并没有握住我的手。她继续向前走。

natasha

娜塔莎

刚才那一刻，丹尼尔与我很来电。我并不希望来电。

随心所欲的心是诗意之心，是属于恋曲与独白的那颗心，是会心碎的那颗心——仿佛它是一块刚刚铸就的玻璃心。

真正的心脏只需健康食品与有氧运动。

可惜，诗意之心靠不住。它变幻无常，将人引入歧途。它会告诉你，你所需的只是爱与梦想。它半个字也不会提到衣食住行，半个字也不会提到金钱。它会告诉你，此人，你的眼前人，无论何故吸引了你目光的人，便是你的真命天子。当下确实如此，直到眼前人变了心。

要做长期决策，诗意之心并不可信。

上述一切，我都一清二楚，正如我对北极星一清二楚——它其实并非天空中最亮的一颗星，它名列第五十位。

但此时此刻，我却依然与丹尼尔并肩伫立在人行道中央，在几乎必定是我驻足美国的最后一天。我那颗变幻无常、荒谬可笑、不切实际、不问未来的心，渴望丹尼尔。那颗心并不在乎他为人过于正经，并不在乎他说不清自己想要什么，并不在乎他怀揣着一个诗人的梦——诗人可是心碎和贫穷的代名词。

我心中一清二楚：世上哪有所谓天生一对。但此时此刻，我却又在心里嘀咕：或许我错了呢。

我收起摊开的手，收起那只正打算去握他的手，迈步继续向前。

love

爱 情

化学史

科学家声称，爱情分为三个阶段：欲望、吸引、依恋。事实证明，每一阶段都受控于大脑中的化学物质——神经递质。

可以料想，欲望阶段受控于睾酮与雌激素。

第二阶段，也即吸引阶段，受控于多巴胺与血清素。例如，情侣们在对方身旁感觉难以名状的愉悦，便是拜多巴胺——也即快乐激素——所赐。

摄入可卡因能够带来同等快感。事实上，在研究刚刚坠入爱河的恋人与可卡因瘾君子的大脑时，科学家们往往难以区分二者。

影响吸引阶段的另一种化学物质，是血清素。情侣们声称他们无法停止对彼此的思念，是因为他们的血清素水平有所降低——恋爱中的男女血清素水平低得跟强迫症患者差不多。情侣们无法停止对彼此的思念，原因在于陷入了强迫之中。

第三阶段（依恋，或称长期联结），受控于催产素与抗利尿激素。人体在性高潮时会分泌催产素，让你感觉与性伙伴更加亲近。分娩时，人体也会分泌催产素，从而促进母亲与新生儿之间的关系。抗利尿激素的分泌，则是在性交之后。

娜塔莎对上述事实了然于心。所以罗博的背叛没有那么痛苦。因此，娜塔莎心里有数：爱情，不过是化学物质加巧合而已。

可是，对丹尼尔的感觉为什么不太一样？

daniel

丹尼尔

假如把我的待办事项列个清单，恐怕没有哪件比眼前耶鲁的入学面试让我更不情愿的了。话虽如此，目前已近11点钟，假如不想错过面试，我必须离开了。

自“来电一刻”起，娜塔莎与我便一直默不作声地走着。若是沉默让人心安也就罢了，可惜事实并非如此。我想跟她聊聊刚才的“来电一刻”，但谁知道她是否感觉到来电呢。再说了，她不可能相信这种事。

曼哈顿中城跟我们初遇之处不一样：多了些摩天大楼，少了些精品店。人们的举止也不太一样：他们不是旅游、购物的游客，不会激动万分，驻足观望，面露微笑。这些人是摩天大厦中的上班族。我敢肯定，我的耶鲁入学面试就约在附近一带。

娜塔莎与我继续一声不吭地走着，直到抵达一栋由水泥与玻璃铸成的巨型大楼。人们竟会一天到晚窝在这种地方，替他们并不喜欢的人干些他们并不喜欢的活，真让我吃惊。至少，当个医生还强一些吧。

“我要去的地方到了。”娜塔莎说。

“我可以在楼外等你。”听我这口吻，根本不像大概一小时后跟人有个重要约会，而此次会面还将决定本人的前途。

“丹尼尔。”娜塔莎训我道——还用说吗，她势必会用这种口吻来训我们未来的孩子（没错，管孩子的一方肯定是她）。“你有个面试要参加，我有这……件破事要办。我们就在这里道别好了。”

她说得对。或许我不想父母规划我的的未来，但我显然拿不出更佳的方案。假如再在这里逗留，我那趟车便会脱轨。

忽然之间，我感觉灵光一现：也许，这才是我真心所盼。也许，我对娜塔莎的种种“心动”，不过是一个让列车脱轨的借口。毕竟，我父母永远也不会给我和娜塔莎开绿灯。她不仅不是韩裔，还是个黑人。我与她没有未来。

再说，我对娜塔莎的痴迷显然是单相思。假如只是一头热，那算得上什么爱情，对吧？

我该走人。

我要走人了。

我马上就要走人了。

“你说得对。”我说。

娜塔莎闻言吃了一惊，甚至有点失望。不过，有什么区别吗？强扭的瓜不甜，而显而易见，她并未动心。

natasha

娜塔莎

我没有料到，他会说出那句话；我也没有料到，我竟感觉颇为失落——我确实有些失落。我怎会蠢到想跟一个再也无法相见的少年恋爱？五分钟之内，我的未来便会一锤定音。

我们站在紧挨大厦玻璃拉门的地方；人们进进出出，空调的冷气随之向我袭来。

丹尼尔伸出一只手，看似想要握手，却又立刻缩回了手。“对不起。”他再度涨红了脸，在胸前叠起双臂。

“嗯，那我走了。”我说。

“你要走了。”他说。我们两人都一动不动。

我们双双伫立原地，有几秒钟什么也没有说，直到我猛然记起：丹尼尔的外套还在我的背包里呢。我取出外套，望着他又把外套穿上。“你这套衣服看上去还真有在这栋楼打卡上班的派头。”我对他说。

我的本意是夸他，他却觉得是损他。他扯扯领带，做了个鬼脸。“说不定有一天，我真会来这里打卡上班。”

“唔，”我们再次将“沉默互望”的桥段上演一遍以后，我说，“场面似乎有点尴尬呀。”

“要不我们改成拥抱道别？”

“还以为你们西装革履的职场达人只会握手呢。”我竭力说得云淡风轻，可惜声音却沙哑又诡异。丹尼尔微微一笑，毫不掩饰满脸哀伤——他怎么就能如此坦然地流露真心呢？我不得不将目光从丹尼尔身上掉开。我并不希望我们之间真的产生什么，可惜感觉颇像是在竭力阻拦刮风与下雨。摩天大楼的门开了，冷气又一次席卷了我，一时间仿佛遭遇了冰火两重天。我张开双臂，准备给丹尼尔一个拥抱；谁知在同一刻，他也张开了双臂。我们都想从同一侧拥抱对方，结果撞了个满怀。我们尴尬一笑，没有再动弹。

“我朝右走。”丹尼尔说，“你朝左走。”

“好。”我说着朝左转。他正搂着我，因为我们身高差不多，我的面孔恰好拂过了他的脸颊。丹尼尔的脸颊柔软、润泽，而又温暖。我任由自己将头搁上他的肩膀，任由自己依偎在他的怀中。有那么一分钟，我任由自己咀嚼着疲惫的滋味。竭力想要攀住嫌弃你的事物，是种煎熬；但丹尼尔，却真心珍视我——从他紧搂着我的那双手臂，我能感觉到。

我挣脱了他的臂弯，没有直视他的眼神。

我取出手机，查了查时间。

“该走了。”我还没有来得及开口，丹尼尔说。

我转过身，走进那栋冷冰冰的大楼。

过门卫时，我想着丹尼尔。穿过大厅时，我想着丹尼尔。进了电梯，穿过长长的走廊时，我想着丹尼尔。我无时无刻不在想他，直到一脚踏进了律所办公室，不得不斩断思绪。

刚才与律师事务所通电话时，电话那头一度传来工地施工一样的杂音——结果真是如此，因为这间事务所办公室只完工了一半。墙壁尚未刷完，光秃秃的灯泡从天花板垂下来，油布地板上遍布着锯末和油漆印。一名女子端坐在办公桌后，双手搁在座机上，仿佛正用意念指挥它响起来。尽管她涂了口红和腮红，但还是显得十分苍白。她发色乌黑，发型无可挑剔，身上某种特质让她显得不太真实。她像是老派迪士尼卡通里的配角或者是扮演20世纪50年代的秘书。她的办公桌整洁有序，摆放着几沓标着不同颜色的卷宗。桌上有只马克杯，杯子上写着："律师助理，价格合理。"

我迈步上前，对方露出了一抹哀伤、颤抖的微笑。

"我没有来错地方吧？"我问出了声。

女子一声不吭，直勾勾望着我。

"这是菲茨杰拉德律师事务所吗？"我问道。

"你一定是娜塔莎。"女子回答，"有些坏消息告诉你。"

她说。我的心不由一紧。对黑发女子即将出口的话，我还没有做好准备。难道，这一仗尚未打响便已一败涂地？难道，我的命运已然敲定？难道，今晚我真的要被驱逐出境？

一个工装上满是油漆污渍的男人进了屋，开始钻孔。又有人在我看不见的地方开始锤锤打打。黑发女子并未提高音量以便盖过杂音，我只好凑得离办公桌近了些。

"杰瑞米……菲茨杰拉德律师……一小时前出了车祸。他还没有出院。他太太说他伤势不重，只是几处擦伤而已，但他要到今天下午晚些时候才能回事务所。”

黑发女子的声音听上去并无半点异样，眼神却十分不对劲。她将电话拉近一些，目光绕开了我，落在电话上。

“可我们明明约好现在见面啊。”发牢骚很不厚道，可惜我忍不住，“我真的需要他帮我。”

这一下，办公桌后的女子倒是正视我了，瞪大了眼睛，露出难以置信的神情。“你没有听见我说的话吗？他被车撞了，现在来不了。”她将一摞表格向我推过来，又从我身上掉开了目光。

至少要花十五分钟，才能填完这堆表格吧。第一份表格变着花样让我回答如下问题：我的政治倾向，是否有犯罪前科，是不是恐怖分子？是否会拿起武器保卫美国？——我并不愿意，但我依然在表示“会”的方框上打了个勾。

另一份表格让我仔细描述迄今为止遣返过程中都发生了些什么。

最后一份表格，则是一份客户问卷，要求我一一详述在美期间的经历。我不知道该如何回答。我不知道菲茨杰拉德律师意图何在。他是想知道我们一家如何入境美国吗？我们一家如何躲躲藏藏？他是想知道每次在学校表格上填写假社保号，我有什么感觉吗？他是想知道每次填写假社保号，我都想象着老妈搭上公交奔赴佛罗里达吗？

他想知道非法待在美国是什么感觉吗？还是想知道我如何一直等待着真相曝光的一天？

也许不是。菲茨杰拉德律师只是在询问事实，并非在询问人生观，因此我填好了表格：我们一家是持旅游签证赴美的。到了理应离开美国的时候，我们待了下来，此后便再也没有踏出这片土地。除了老爸的酒驾，我们一家没有任何违章犯法的行为。

我把表格递回给黑发女子，她立刻翻到那份客户问卷。“你填得不够详细。”她说。

“要多详细？”我问。

“美国对你来说意味着什么？你为什么想要留下来？你能为美国更加强大出什么力？”

“不是吧……”

“只要杰瑞米能用它让你显得有血有肉，那就能帮你的忙。”她说。

假如在美出生之人也必须证明他们有足够的资格在美国生活，这个国家的人口恐怕会少得多。

我奋力写着自己将成为一个多么勤劳、乐观、爱国的美国公民，黑发女子则翻遍了我填写的其他表格。我写道：在我心中，美利坚是我的家；公民身份将使我已有的感受合法化。美国是我的归宿——简而言之，我的拳拳之心让自己感到肉麻。丹尼尔定会为我骄傲。

丹尼尔。

他或许正搭地铁去赴约呢。他会乖乖走正道，最终当个医生吗？将来某一天，他是否会想起我，想起那个曾经与他在纽约共度两个小时的女孩？他是否会想起，那个女孩究竟结局如何？或许他会上网搜我的名字，结果一无所获。不过，更有可能的是，今晚他就会把我忘记，正如我会忘记他一样。

我正在奋笔疾书，电话铃响了。铃声还没有来得及响第二下，黑发女子便一把攥起了话机。

“噢，上帝呀，杰瑞米。你还好吗？”她闭上了眼睛，双手握住话机，将它紧贴自己的面颊，“我想去医院看你，但你太太让我守住事务所。”说到“太太”一词时，她猛地瞪大了眼睛。

“你确定你没事？”电话接得越久，黑发女子就越发雀跃。她显得满面春风，眼中闪烁着幸福的泪光。

很明显，她爱着电话那头的男人——我简直以为会眼睁睁看见满屋怒放的心花呢。难道他们之间是婚外情吗？

“我想去看你。”她又低声说道。压低声音答应了一串“好的”之后，她挂断了电话。

“他没事。”黑发女子展颜而笑。她松了一口气，整个人容光焕发。

“太棒了。”我说。

她从我手中接过表格。我等着她看完。

“你想不想听点好消息？”她问道。

还用说吗。我缓缓点了点头。

“这种情况我见过不少，我觉得你不会有事的。”

我说不清原以为她会说些什么，但必然不是这句话。

“你真觉得律师能帮上忙？”我能听出，自己的语气中既有希冀，又有怀疑。

“杰瑞米从来没有输过。”她说。她的口吻是如此自豪，仿佛谈论的是她自己。

可是，此话势必并不属实。世上哪有人从来不“输”呢。真该请律师助理小姐给个更准确的说法，比如给出一个准确的输赢比，我才好决定究竟感觉是喜还是忧。

“总之有希望。”她总结道。

尽管讨厌诗歌，英文课上读到的一首诗却适时从我的脑海中闪过——“希望，它长有羽翼。”此时此刻，我深切地体会到了个中缘由。我的胸口仿佛有飞鸟欲出，只盼着如释重负地载歌载舞、开怀大笑。

趁自己还没有开口问对方问题，毁掉满怀希冀的感受，我赶紧向黑发女子道了谢，快步离开了律所办公室。通常情况下，我都愿意知道真相，即便是糟糕的真相。这并非最为轻松的生存之道。有些时候，真相比你预料中更加伤人。

几星期前，我父母关着门在他们的卧室里吵了一架，我妈难得一见地当着我爸的面冲他发火。我在门外偷听的时候，被彼得抓了包。父母吵完后，我问彼得想不想知道我偷听到了什么，但他一口回绝。他说，他看得出来：不管我偷听到了什么，反正不是什么好消息，而他压根不希望人生背负任何阴影。当时，我很生彼得的气。但后来我转念一想，也许他说得对，我自己也恨不得当初没有听见那些话。

我再次来到走廊，将头倚在墙上，犹豫着。要不要回律所，向律师助理小姐打听更多的信息？但还是决定算了。有什么好处？姑且等律师先生开金口好了。再说，我也受够了担惊受怕。我心里有数，律师助理的话不是保证。但我不能被听天由命的恐惧感继续折磨了。希望似乎正好顶替了恐惧的位置。

我想打个电话给父母，告诉他们事情有了进展，但是也没打，没有什么“进展”可言。我能说些什么？一位陌生人推荐我去见另一个陌生人。一位律师助理（不是律师本人，而且又是一位陌生人），声称或许不会有事。让家里人一个个燃起希望，有什么用？在心底深处，我只盼着向某人倾吐——丹尼尔，但他早已经赶赴面试了。

要是刚才对他温柔一点，那就好了。要是有他的电话号码，那就好了。如果这个移民烂摊子最后烟消云散了呢？如果能够留在美国，我又怎么才能再找到丹尼尔呢？因为，不管我如何装作若无其事，丹尼尔与我之间确有火花，无法视而不见的火花。

hannah winter

汉娜·温特

童话史
第一部分

汉娜一向认定自己活在一个童话故事中，只可惜星光闪耀的主角并非自己。她既非公主，亦非仙女教母；既非高高在上的邪恶女巫，也不是小魔怪。汉娜是个跑龙套的小角色，直到第十二页或第十三页才首度出场。也许是个厨子，掌管烤饼与糖果；也许是个侍女，有副好心肠，只是无人留意。

直到开始为杰瑞米·菲茨杰拉德律师工作，汉娜才开始做起了白日梦：说不定，自己也能当个星光闪耀的主角呢。在菲茨杰拉德律师身上，汉娜看到了真爱的影子，明白了“从此幸福地生活在一起”。尽管菲茨杰拉德律师是位已婚人士，有两个年纪尚幼的孩子。

汉娜从未料到他会回应她的爱，直到他吐露爱意的那天。

那天便是今天。

attorney jeremy fitzgerald

杰瑞米·菲茨杰拉德律师

童话史
第一部分

当某个醉酒、慌乱的男人（某保险精算师）驾驶一辆白色宝马以每小时二十英里的速度撞上杰瑞米·菲茨杰拉德时，他正在过街。撞得不算太狠，不足以要杰瑞米的命，但却足以让杰瑞米思索自己将至的死亡与当下的生活，足以让他承认自己爱上了律师助理汉娜·温特——杰瑞米·菲茨杰拉德早已经坠入了爱河。

今天晚些时候，当返回律所办公室时，杰瑞米·菲茨杰拉德律师会默默将汉娜搂入怀中。他一边拥抱着她，一边思考爱上她要付出的代价是什么。

daniel

丹尼尔

本地少年铤而走险。

老妈是个和平主义者，但要是知道我刚刚做了什么，肯定要杀了我。我改约了耶鲁大学的面试时间。为女孩。不是韩裔女孩，是黑人女孩。一个我不认识的黑人女孩，一个我不认识、甚至可能对我根本没有好感的黑人女孩。

电话另一头的女人声称，我打来的时机再妙不过了。她正打算给我来电，改约面试时间。面试只能约到今天下午6点钟，因此眼下我就在与娜塔莎道别的那栋楼里，待在大厅查阅名录，同时留神寻找着娜塔莎。本楼大多数人是律师业（法学博士）和会计从业人士（ 注册会计师、特许金融分析师等）。我这辈子还从未见过这么一大堆学位缩写呢。丹尼尔·载浩·裴， CZ（蠢仔），ZDCB（注定吃瘪）。

娜塔莎要在这里见什么人？要么，她继承了大笔财产需要投资；要么，她身处困境，需要找个律师。

大厅另一头，电梯门开了，她迈步走了出来。

刚才改约面试的时候，我内心深处有点犯嘀咕：我是在犯傻吗？一个萍水相逢的女生，不值得为她危及自己的未来吧。若是没有望见她的倩影，我的脑海里还有可能冒出上述念头，但此时此刻，我已经把自己踌躇的原因彻底忘到了脑后。

当然值得，还用说吗。而且，我无法解释。

没错，她很美。一头浓密秀发，一双明亮黑眸，再加上一对丰满红唇，无疑惹人怜爱。除此之外，她还拥有世上最顺眼的一双美腿（经潜心钻研，我已将娜塔莎的美腿排名从世界第三升到了世界第一——此处绝对客观）。没错，我确实是被她吸引了，不过并不仅仅是因为她有世界上最美的腿。实话实说嘛。

我望着她穿过大厅。她在环顾左右，看似想要找些什么。当一无所获时，她耷拉下了肩膀。她必定是在找我，对吧？除非在跟我分开的短短三十分钟内，她遇见另一个潜在真爱。

娜塔莎出了大楼，慢吞吞地放眼张望，随后放慢速度，再换个方向打量。她要找的人依然不见踪影。

natasha

娜塔莎

他不在大厅，也不在楼外的中庭。我不得不承认：四周不见他的踪迹，而我希望见到他。我感到心里空荡荡的，仿佛有点肚子饿，可惜我想要的并非美食。

天气又热了些。我脱下外套，搭在胳膊上叠好，伫立原地琢磨着下一步该怎么办。我既不乐意离开，也不乐意承认自己不愿离开。倒不是说我觉得丹尼尔与我真是天生一对，但要是接下来的几小时能与他共度，那也挺不错嘛；要是能跟他约会，那也挺不错嘛——毕竟，我想知道，接吻时他是否会脸红。

这是我最后见到他的地方。假如现在走人，以后我便再无可能见到他了。不知道他的面试是否顺利？他是会拣该说的话说呢，还是干脆亮出自己一肚子的怀疑和存在主义焦虑？那小子恐怕缺个人生导师。我正要离开，突然心头一动，最后放眼望了望。我明白，也许并非是我在冥冥中察觉到了他在场，而是我在穿过大厅时，潜意识中发现了他。人们用诗词歌赋描绘难以理解的事物，但假如你潜心寻找，事情通常会有一个科学的解释。

不管怎样，眼前正是他。他在这里。

daniel

丹尼尔

她正迈步向我走来。换成几小时前，我或许会说她面无表情，但谁让我已经快要晋升娜塔莎专家了，她不过是竭力想要表现得面无表情。假如非让我猜，我会说，她很高兴见到我。

“你的面试怎么样？”刚一走近，她便问道。

没有热情拥抱。没有“很高兴见到你”。或许，我终究算不上什么娜塔莎专家。我是该陈述事实，还是该交代真相？（多问一句：难道二者通常不是一回事吗？）事实是：我把面试时间推迟了。真相是：我把面试时间推迟了，因为我想跟她多待一会儿。还是交代真相好了。

“我推迟了面试时间，好多跟你待一会儿。”我说。

“你疯了吗？这可关系到你的人生呢。”她说。

“我又没把楼给烧了，塔莎。我只是把时间推后了。”我说。

“谁是塔莎？”她问道，嘴角却微微上扬。

“你的事办得怎样？”我边说边朝电梯的方向抬起下颌。娜塔莎的微笑消失了。切记：切勿再次提起这破事。

“还好，三点半我必须再来一趟。”她说。

我查了查手机：上午11:35。“看来我们又多了一点时间待在一起。”我说。本以为她闻言会翻个白眼，但她没有——算是好歹打赢一仗吧。娜塔莎打了个冷战，伸手抚着前臂，我发觉她身上起了鸡皮疙瘩。由此可见：娜塔莎不经冻。我接过她的外套，帮她穿上。她先伸进一只手臂，接着又是一只，耸了耸肩穿好外套，我帮她理好衣领。

细节回顾：我将一只手搁上她的后颈，她微微向我俯身，秀发从我的鼻尖拂过，有点痒。尽管只是个小细节，但是感觉我们对此轻车熟路。她转过身，我只好抬高双手以便避嫌。不管我们的关系会如何发展，总之尚未走到肌肤相亲的一步。

“你确定你没有毁了……”她开口说道。

“我不在乎。”

“你怎么能这么肯定值得为我冒险？”

“直觉。”我说。我说不清，究竟是娜塔莎身上哪种气质，会让我毫无顾忌地交底。

她瞪大了双眸，身子微微颤抖。“你不可理喻。”她说。

“这是可以理喻的。”我说。

她放声笑了起来，亮晶晶的黑眼睛正看着我。“那现在我们干什么呢？”她问道。

我得剪头发，我得把钱包和存款单给老爸——可惜，两样我都不太想办。我想做的是找个舒服的地方，把我跟娜塔莎的感情升升温。不过可惜，钱包总得有人送去吧。于是我问她能否去哈莱姆一趟，她答应了。但说真的，这是个糟糕选择，世上只怕再也找不出比这更糟糕的了。我爸会把娜塔莎吓坏的。一旦见，她要是见到我爸，想象五十年后我便是我爸的翻版，于是赶紧溜之大吉。因为换成是我，我就会赶紧溜之大吉。

我爸是个怪人，我说的“怪”其实是“极其不正常”的意思。首先，除了店里的顾客，我爸几乎不跟任何人谈话，其中包括我和查理，除非训人也算说话。假如训人也算说话，那今年夏季加今年秋季，我爸跟查理说过的话比之前十九年里还要多。我有点夸张，但也只是一点点。我实在不知道该如何跟老爸或查理解释娜塔莎的事。查理嘛，我不是真正在乎，但我爸会注意到娜塔莎的。他会察觉事情颇有猫腻，正如他总能看出哪个顾客会顺手牵羊，哪个顾客可以打借条，哪个顾客又是会赖账的家伙。

今晚晚餐时分，我爸会用韩语跟我妈告状，还要用上他常用来抱怨美国人的腔调。我可不想让老爸或老妈掺和进来，娜塔莎与我还没有准备好承受当头一棒。娜塔莎说过，所有的家庭都很奇怪，这是真的。去完哈莱姆以后，我得再问问关于她家的事。

我们进了地铁。

“做好准备。”我说。

natasha

娜塔莎

哈莱姆搭地铁二十五分钟即可抵达，我们却好似转眼到了异国。摩天大楼换成了密密麻麻、有着遮阳篷的小店。空气似乎更加清新，不太像个都市，倒更像个社区。街上行人几乎清一色是黑人。

我们沿着马丁·路德·金大道走向丹尼尔父母所开的商店时，他一声不吭。我们经过了一家挂着巨型“招租”字样招牌的空店面和一家支着绿色遮阳篷的当铺，丹尼尔的步速慢了下来。在一家黑人护发美容用品店门口，我们终于停下了脚步。

店名叫做“黑人护发”——这种小店我去过不少。“去街上的美容用品店给我买瓶直发膏。”每两个月左右，我妈会说。

人人皆知，“黑人护发”店全是韩裔开的，也太不公平了。我说不清，刚才丹尼尔提到他家开店的时候，我怎么会没想到。

我无法望见店里，因为这家“黑人护发”店的窗户贴满了褪色的旧海报，海报上印着面露微笑、西装革履的黑人女子，个个都顶着一头全是化学品的发型。很显然（至少从海报看来），除非留着某几款特定发型，不然根本无法在董事会议上谋得一席之地。上述观点甚至俘虏了我妈——当我决定把发型换成爆炸头的时候，我妈很不开心，非说爆炸头看上去不专业。说归说，我反正很爱我的爆炸头，也爱烫成爆炸头之前的长直发。我乐于拥有不同选项，选哪一条我说了算。

在我身旁，丹尼尔则显得很紧张，紧张得直发抖。是因为我分分钟会见到他老爸，还是因为他父母开了这家店呢？他扭脸面对着我，将领带从一侧拽到另一侧，仿佛领带自始至终紧得让他透不过气来。

“嗯，我老爸真的……”他先把话咽了下去，接着重又开口，“我哥也有点……”

他的眼神四处游移，偏偏不肯正视我的目光。他的声音绷得很紧，可能是因为要憋住一口气把话讲完。

“你能在店外等一会儿吗？”丹尼尔终于憋出了一整句。

刚开始，我真的半点也没有往心里去。谁没有让自己脸上挂不住的家人呢？反正我家里人就让我觉得丢脸，嗯，至少我爸让我觉得很丢人。要是跟丹尼尔换个处境，我也会采用同样的对策。背叛我的罗博，就从来没有跟我爸碰过头。毕竟这样轻松点，不用听见我爸装出来的美式口音，不用听我爸瞅准空子大谈特谈他自己、他未来的计划和他会如何扬名。

丹尼尔与我伫立在店门口，两名黑人少女嬉笑着走出了店门，另一名女子又进了商店，也是个黑人。

我突然回过了神：或许，让丹尼尔感觉脸上挂不住的，并非他的家人。或许，他是觉得，跟我在一起让他很丢人？不然的话，他是担心他父母觉得我丢脸？——我不知道刚才自己怎会鬼迷心窍，竟然没有想通。

其实，美国并非真正的大熔炉，它更像是把淀粉、肉食与蔬菜分开装的鸳鸯锅。我向丹尼尔望去，他却依然没有迎上我的目光。这是我没有料想到的。

hair

头发

美籍非裔人士史

15世纪非洲文明中，发型属于身份标识。发型彰示一切：部落、家族背景、宗教、社会地位。若是发型极尽华丽，则代表此人拥有权力与财富；若是发型低调收敛，或许代表此人正在服丧。

不仅如此，从精神层面讲，头发可能举足轻重，因为它位于头顶（也即是说，占据着人体最高、最靠近天空的位置），许多非洲人将其视为通向灵界之门，与神明沟通之途。

随着蓄奴盛行，那段历史被抹去了踪迹。一艘艘贩奴船上，刚抓来的非洲黑人被迫剃光了头发，人格被狠狠地践踏，这一行为有效地切断了头发与文化身份之间的联系。

奴隶制废除后，美国非裔人士的头发有了十分复杂的意义。顺滑的直发最接近欧洲审美标准。鬈曲而不平顺的头发，也即诸多美国非裔人士的天然发质，则被视作不好。直发为美，卷发为丑。

1900年代早期，一位美籍非裔女子C.J.沃克夫人凭借发明销售针对黑人女子的美发护发产品，一跃成为百万富豪，其中最著名的一项便是改进了“热直发梳”的设计。20世纪60年代，乔治·E.约翰逊推广了一种用于捋直美国非裔人士鬈发的化学产品——“直发膏”。据估计，黑人护发美发产业每年收入超过10亿美元。

自废除奴隶制起直至现今，美籍非裔团体中一直争论不休。保持天然发质和拉直头发，各自代表着什么含义？拉直头发是一种自恨的表现吗？是否意味着你视自己的天然发质为丑呢？假如保持天然发质，你是在表明政治立场，声张黑人权益吗？非裔美国女性如何对待自己的头发，通常并不仅仅有关虚荣，不仅仅有关个人对自身美丑的看法。

娜塔莎决定把发型换成爆炸头，并非因为她熟悉上述历史。尽管帕特丽夏·金斯利一口咬定，爆炸头让黑人女子显得“凶巴巴的”“不专业”，娜塔莎却没有听老妈的话。帕特丽夏·金斯利的说法根植于恐惧——惧怕宝贝女儿会被这个依然时常忌惮黑人的社会所伤。除此之外，还有一件事让帕特丽夏气闷，但她没有说出口：娜塔莎要换新发型，帕特丽夏感觉很受挫。帕特丽夏整整一生留的都是拉直发型；从娜塔莎十岁起，她也开始把娜塔莎的头发拉直。但如今在帕特丽夏看来，女儿身上已不再像过去一样处处透出自己的影子，让她很心酸。当然，话说回来，哪个少男少女不是如此？无一例外，他们终将挥别父母的怀抱——长大，便是渐行渐远。

娜塔莎的一头鬈发足足养了三年才成型。不拉直并非为了表达什么政治立场；事实上，娜塔莎很喜欢把头发弄直。将来她把头发弄直因为她想尝试新的事物。

她把头发弄直，只是因为它看上去很美。

daniel

丹尼尔

本地少年像他哥哥一样是个大混蛋。

“你能在店外等一会儿吗？”

我说，好像娜塔莎的出现会让我感到难堪，因此我不得不藏着她。话一出口，我立刻后悔不已。根本用不着等上几分钟才回过神，意识到我的话有多伤人。

不。不。不。我立刻、完全后悔。

而且，话一出口，我简直不敢相信是自己嘴里说出来的。难道这就是我的本性？毫无内涵？

我竟比查理还要混账。

我不敢看她。

她的眼神落在我的脸上，我却不敢与她对视。

我想要那台时光机。我想要时光倒流回一分钟前。

我搞砸了。

假如丹尼尔与娜塔莎能成一对，应对我爸的种族歧视不过是个开始。但丹尼尔与娜塔莎才刚认识，我不太乐意现在就对付我爸。我想做轻松的事，而不是正确的事。我想为爱倾倒，重点在于“倾倒”。

拜托，千万别有障碍；拜托，千万别在坠入爱河的路上受伤。我只盼跟所有人一样，为爱倾倒。

natasha

娜塔莎

我不会有事的。

在店外等一等，也没什么大不了。我理解。真的。但在心底深处，在那颗不信上帝也不信真爱的心里，我却真心盼望他能证明我是错的。我盼他能够选择我，尽管我们的交往还远未走到那一步，尽管我自己做不到如此坦荡。我盼他能不负初见时那份高贵的气度，但还用说吗，他当然做不到。世上无人能够做到。所以吧，我还是饶丹尼尔一马好了。

“别太担心，”我说，“我会等着的。”

daniel

丹尼尔

你出生之时，打发你来到这个世界的他们（上帝也好，外星人也罢）理应让你随身带上几张功能卡：一张“重来”卡、一张“改期”卡，一张“撤销”卡，一张“免灾”卡。至于现在，我要使出我的“重来”卡。

我抬头向娜塔莎望去，意识到一点：她深悉我的处境。假如我踏进店门，把钱包交给老爸，再出店回来，她会理解的。接下来，娜塔莎与我该可以做点我们应该做的事，我也用不着向我爸解释“那女生是谁？”，用不着听查理讲“与黑人约会”的笑话。在通向我与娜塔莎传奇恋情的道路上，刚才的小别扭会变成一个微不足道的小插曲。但我做不到。我不能把娜塔莎留在店外。部分原因在于，不应该这样做。主要原因却在于，娜塔莎与我，已经不能算是刚刚萍水相逢了。

“我能重来一遍吗？”我使出了“重来”卡。

娜塔莎笑得如此灿烂，我心下了然：这都是值得的。

natasha

娜塔莎

一踏进店门，一阵铃声便“叮咚”响了起来。这间店跟我去过的其他美容用品店别无二致：店不大，摆满了一排排金属货架，货架上则摆满一只只塑料瓶，每一只都宣称其秘密配方最宜护理你的秀发与肌肤。

收银机正对着店门，因此我一眼望见了丹尼尔的父亲，立刻明白丹尼尔俊朗的长相是从何而来了。他的父亲年纪大些，发际线后移，但有着同样分明的轮廓和极为对称的面孔，这正是丹尼尔十分帅气的原因。丹尼尔的父亲正忙着给顾客结账，根本没有跟丹尼尔打招呼，不过我敢说，他肯定看见我们了。顾客则是个跟我差不多大的黑人小子，留着一头紫色短发，戴着三只唇环，一只鼻环，一只眉环，以及数也数不清的耳环。我想瞧瞧他买了些什么，可惜他已经把东西装袋了。

丹尼尔从西服口袋里取出钱袋，迈步走过去。他父亲飞快地瞥了他一眼。我说不清他们沟通了些什么，但丹尼尔停下了脚步，叹了口气。

“你要去洗手间吗？”丹尼尔问道，“店后有一个。”

我摇摇头。丹尼尔用手紧攥着那只钱袋。

“喏，就这样。店就这样。”丹尼尔说。

“带我四下瞧瞧？”我试图帮他分散注意力。

“没什么好看的。前三排是护发美发用品。洗发水，护发素，接发用的假发，染发剂，总之很多我弄不明白的化学品。第三排有化妆品，第四排有各种设备。”

丹尼尔瞥了瞥他的父亲，但对方还在忙碌。

“你要点什么吗？”丹尼尔问。

我摸摸头发。“不，我……”

“我不是指店里卖的货。店后有个冰箱，里面有苏打水之类的饮料。”

“好啊。”我说。深入幕后——我喜欢。

丹尼尔和我走下摆满染发剂的货架通道。包装盒上一概印着笑容可掬的女子，发色和发型都完美无缺。这些瓶子里卖的不是染发剂，而是幸福。

我在一摞艳色染发剂的包装盒前停下了脚步，取下一盒粉色染发剂。我暗自、不切实际地想把头发染成粉红色。

丹尼尔花了几秒钟，才意识到我驻足不前。

“粉色？”见到我手里的包装盒时，他问道。

我冲他晃了晃染发剂。“为什么不呢？”

“不像你的风格啊。”

当然啦，丹尼尔说得半点不差。但我讨厌他这么想。难道我是个很没劲、一眼就能看透的人？我不禁回想起进店时见到的黑人少年。我敢打赌，他就总让别人猜不透。

“说明你对我知之甚少。”我说着轻抚头发。丹尼尔的目光追随着我的手，这一下，我真的不好意思起来，暗自希望丹尼尔别想摸我的头发，也别问我一大堆关于头发的蠢问题。倒不是说我不希望丹尼尔轻抚我的头发，我很乐意——只不过，别是出于好奇吧。

“依我看，你要是留个巨型粉色爆炸头肯定非常美。”丹尼尔说。

真诚是很性感的。愤世嫉俗如我，也注意到了。

“不是把整头染成粉色，只染发梢。”我说。

丹尼尔伸手来接染发剂，于是我们一起握住了那只包装盒，面对面站在仅容一人的货架通道里。

“估计看上去跟草莓糖霜差不多。”丹尼尔说。他伸出另一只手，用手指拨弄着我的几绺发丝，我发现自己并不反感，半点也不。

“瞧瞧。这不是，我、的、小、弟……”货架通道尽头冷不丁传来一个声音。丹尼尔猛地从我的头发上抽回了手。我们同时放开了那盒染发剂，包装盒掉在地板上。丹尼尔弯腰去拾染发剂，我则转身面对着不速之客。

面前的人比丹尼尔高，比丹尼尔壮。他的脸上，带有丹尼尔家族特色的轮廓似乎更加分明。他将手里拿着的扫帚倚到货架上，慢慢沿着通道向我们走来，一双大大的黑眸里满是好奇和恶意的笑。

我不太确定我喜欢这个人。

丹尼尔直起腰，将染发剂递给我。

“干吗，查理？”丹尼尔问。

“干吗，小弟。”查理说。我有种感觉：他一直都这样跟丹尼尔讲话。不速之客边说边打量我，脸上挂着的与其说是一缕微笑，不如说是一抹冷笑。

“这、位、是、谁、啊？”他又开口问道，目光依然只落在我身上。

在我身旁，丹尼尔深吸一口气，准备开口。但我插了嘴。

“我是娜塔莎。”我说。来人瞪大眼盯着我，仿佛我定要多说几句才行。“你弟的朋友。”我又说。

“噢，还以为他抓住一个顺手牵羊的顾客呢。”不速之客装无辜装得也太蹩脚了。“我们店里有不少这种客人呢。”他的眼睛在笑，满是刻薄，“我敢打赌，你能懂。”

我百分百讨厌他。

“老天，查理。”丹尼尔说。他冲着“查理”迈出一步，但我一把攥住了他的手。他停下脚步，与我十指交缠，握了一握。

“查理”煞有介事地审视我们握在一起的手，又抬眼望着我们。

“我没搞错吧？难道这是真……爱，小弟？”查理击了下掌，发出一声脆响，哈哈笑着跳了两步舞。

“棒、极、了。没错。你知道这意味着什么吧？对准我的火力通通掉头啦。等到那两位家长发现你这破事，我那点事算什么。留校察看，见鬼去吧。”

他放声大笑，搓着手掌，像要统治世界的恶棍。

“哇。你真是个混蛋。”我不禁脱口而出。

他笑了笑，仿佛我刚刚夸了他，但那抹微笑转瞬即逝。

他又端详着我们握在一起的手，随后转而端详丹尼尔。“这很朋克，”他说，“你以后有什么打算？”

我把丹尼尔的手握得更紧了，拽到了我身旁。我想证明：查理看走了眼。“把你要办的事情办完吧，我们赶紧走人。”我说。

丹尼尔点点头，我们转身离开——谁知道，迎面赫然是丹尼尔的父亲。我从丹尼尔的掌中抽回了手；与此同时，丹尼尔也正好放开我的手。可惜，为时已晚。刚才的一幕已经落进了他父亲的眼里。

daniel

丹尼尔

装作少年的超级大混账，谁也骗不了。

查理混账到家了，真恨不得一把火烧了他，真恨不得抽他那张得意洋洋的脸——这倒不是什么新鲜事，因为从十岁起，我的脑子里已经冒出了类似念头，但这次他终于让我忍无可忍。我寻思着一巴掌扇在他脸上有多解气，但我也在分心回味着与娜塔莎十指交缠的感觉。

趁家里人还没有把我的人生全盘搞砸，我得赶紧带娜塔莎闪人：毕竟，我的大好人生才刚刚启航。

“你究竟在干什么？”正在这时，我爸用韩语问道。

还是别搭理他的言外之意为妙。我把钱包递给他。

“老妈让我把钱包带来给你。”我用的是英文，以免娜塔莎认定我们在谈她。

查理悄悄溜到了我身边。“要我帮你这位‘朋友’翻译一下吗？”他问。

“朋友”二字被查理咬得很重——原因在于：当个超级大混账，便是查理存在的理由。

我爸狠狠瞥了查理一眼。“还以为你不懂韩语呢。”他对查理说。

查理耸耸肩。“凑合能懂。”他答道。即使我爸凶他，也拦不住他踩在我的头上取乐。

“凑合？这就是你为什么被赶出哈佛的原因？”我爸讲的是韩语，因为世上再没有比当着“miguk saram”（即“美国人”）的面曝出家丑更让我爸不乐意的事了。

查理把我爸的话权当了耳边风，依然自顾自翻译起来，但他脸上的笑意淡了一些。“别担心，”他对娜塔莎说，“他不是在说你，还没到你。他只是在骂我蠢。”

父亲的脸上没有丝毫表情，因此我知道他已经非常生气了。查理让他进退两难。不管他说些什么，查理都会翻译，我爸的体面不允许这样的事发生。于是，我爸顷刻间换上了“恭敬的店主”模式——我曾千万次见到他在千万个顾客面前使出这一模式。

“您离店之前还要买点什么吗？”我爸问娜塔莎。他双手合十，微微弯腰，亮出了最灿烂的“客户服务”笑容。

“不用了，谢谢你……先生。”娜塔莎顿了顿，因为她并不知道我的姓氏。

父亲没有回答。

“好的。好。你是丹尼尔的朋友，想要什么就拿什么好了。”他说。大祸眼看便要临头，我却不知如何是好。我爸在口袋上拍了拍，直到找到他的眼镜，又端详着货架上的瓶瓶罐罐。

“这一排的货不合适，”他嗫嚅道，“跟我来。”

或许，假如我们乖乖听话，一切便会在转眼间收尾。娜塔莎与我无助地尾随着我父亲，查理哈哈笑出了声。

父亲在隔壁货架上找到了他要找的宝贝。“这个，适合你发质的直发膏。”他从货架上取下一只黑白相间的大瓶，递给娜塔莎。

“直发膏。”他又说一遍，“让你的头发不要那么蓬。”

为什么我要出生在这个家庭？我怎么才能逃离？

查理响亮的笑声久久不消。

我正要开口帮娜塔莎回绝，她却插嘴了。“谢谢你……先生。”

“裴。”我补了一句。总该让娜塔莎知道我姓什么吧。

“裴先生。我不需要任何……”

“显得头太大。”我爸又说了一遍。

“我喜欢大一点。”娜塔莎答道。

“那你最好换个男朋友。”查理补上一句。他挑了挑眉，确保在场众人都能听出他的话中深意。而且，果然不出我所料，他伸出拇指和食指，用手比画了一英寸。

“笑话讲得不赖，查理，”我说，“没错，我的‘老二’只有一英寸长。”我都懒得抬眼去望父亲的脸。

娜塔莎向我转过身。她惊讶得张开了嘴。她肯定在重新审视自己的人生选择。我干脆将钱包朝我爸扔了过去。事情不能更糟了，于是我伸手去握娜塔莎的手，尽管父亲就站在我的面前。幸运的是，她任我握住了手。

“多谢，欢迎再次光顾哟。”我们两人快出店门时，查理高声说道。他果真是屎堆里打滚的猪，不，他就是一坨屎。

于是，我赏了查理一根中指，没有理睬火大的老爸——稍后再跟我爸过招不迟。

natasha

娜塔莎

我在笑，尽管我心知不该笑。刚才的一幕实在惨绝人寰，可怜的丹尼尔。

事实显而易见：家人最讨厌了。

我们已经快要奔回地铁站时，丹尼尔才不再拽着我一路往前。他伸手在后颈上猛拍一记，耷拉下了脑袋。

“抱歉。”

丹尼尔的声音很轻，我几乎是看他口型猜出来的。

我竭力想忍住笑，因为丹尼尔看上去活像大祸临头，但我忍得颇为辛苦。丹尼尔老爸非把一大瓶直发膏塞给我的一幕浮现在脑海中，我终于放声大笑起来。一旦开了头，收尾可不太容易。我简直是捧腹大笑，笑得抓狂。丹尼尔瞪大眼盯着我，眉头皱得如此之紧，真怕以后永远也松不开。

“惨到家了，”终于收住笑以后，我说，“恐怕不能更惨了吧。种族歧视的老爸，加上种族歧视兼性别歧视的大哥。”

丹尼尔揉揉后颈，眉头皱得更紧了。

“还有那家店！我的意思是，那老掉牙的女人海报。你爸居然说我发型差劲，你哥居然拿‘老二’太小开玩笑。”

说完这一连串的糗事，我不禁再次放声笑了起来。过了几秒钟，丹尼尔终于笑了——真让我开心。

“这场闹剧能让你觉得搞笑，在下荣幸之至。”他说。

“拜托，”我说，“悲剧很有意思。”

“我们是在上演悲剧吗？”丹尼尔又问，脸上笑意更深。

“当然。难道人生不就是一场悲剧？剧终每个人都会死。”我说。

“有道理。”丹尼尔说。他走近一步，握住我的手，放到他的胸前。

我凝神端详着我的指甲，我的指根——什么都好，只要躲开他的棕色双眸就好。他的心在我的指间“怦怦”跳动。

我终于抬起头，他伸出一只手，覆上我的手。

“抱歉，”丹尼尔说，“我为我家里人给你道个歉。”

我点点头。触着他的心跳，我只觉喉头发紧。

“我为一切道歉，为这个世界的全部历史，为世上的种族歧视，为世上的一切不公。”他说。

“你在瞎扯什么啊？又不是你的错。种族歧视可轮不到你道歉。”我说。

“轮得到，我道歉。”他说。

上帝啊，别让我沦陷在这个美好、真诚、有同情心的男孩身上。刚才的一幕确实惨绝人寰，因此我依然觉得很搞笑，但我也理解丹尼尔不好意思。假如你的出身让你颜面无光，那绝非一件易事。

“你不是你爸。”我说，但丹尼尔不信我的话。我懂他在恐惧什么。假如我们并非父母，那我们又是谁？

hair

头发

美籍韩裔人士史

丹尼尔一家踏足黑人美发护发业，并非偶然。大贤与敏秀搬到纽约时，整个韩裔移民群体对他们伸出了援手。大贤的表兄借了一笔钱给他们夫妻俩，建议他们开个黑人护发美发产品店。大贤的表兄就开了一家类似店铺，其他许多移民也开了这种店。黑人美发护发店的生意可好着呢。

韩裔人士坐上黑人护发美发业的头把交椅，也并非偶然。其起源可追溯到20世纪60年代，当时韩国制造的假发在美国非裔人士中日渐盛行。这种假发火爆得不得了，以至于韩国政府禁止出口人发，避免他国用韩国出口的人发制造假发。与此同时，美国政府下了禁令，禁止进口含有来自中国的人发的假发。这两项举措有效地巩固了韩国在假发市场一家独大的地位。随后，假发行业自然而然演变成了更为普遍的黑人护发美发业。

据估计，该市场的60%到80%由韩国企业掌控，其中包括分销、零售环节，以及占比逐日上升的制造环节。无论文化原因也好，种族原因也好，韩国企业独霸分销环节，致使其他任何群体难以在该行业立足。韩国经销商主要分销给韩国零售商，从而有效地将其他所有人拒之该行业门外。

大贤对上述历史一无所知。他所知的是：美国乃是机会之地。他的孩子将拥有比他更为广阔的天地。

daniel

丹尼尔

我想感谢娜塔莎没有恨我。在我家店里遭遇了刚才的一幕，她要是对我怀恨在心，谁又能怪她？再说，她没有必要心平气和地对待我家里人。要是她吼了我爸和我哥，我也能理解。她愿意花时间和我在一起，真是个奇迹（堪比“清水变美酒”之类神迹），我感激不尽。

不过，我什么也没说，只问她是否想吃午餐。我们已经回到了地铁入口，而我一心只想逃离我家的店，逃得越远越好。假如地铁D线能够直达月球，我也会掏腰包买上一张票。

“我饿得要命。”我说。

娜塔莎翻了个白眼。“饿得要命，不是吧？你很爱夸大其词。”

“正好平衡你的一板一眼。”

“你想好去哪里了？”她问道。

我提议去韩国城我最爱的一家餐馆，娜塔莎答应了。

进了地铁，我们找到并排的座位坐下来。要过四十分钟，才能再度回到下城。

我取出手机，想在之前那项研究里掘掘宝。“再来一轮？”我问娜塔莎。

她朝我挪了挪，我们的肩膀紧紧相偎。她低头审视着我的手机，离我如此之近，她的秀发从我的鼻下拂过。我实在忍不住——本来只打算偷偷闻一下，谁知道，我动作猛得根本谈不上什么“偷偷”。

娜塔莎猛地抽开身，瞪大眼睛，显得窘迫。“你刚才是闻了我一下吗？”她一边问，一边摸摸我刚闻过的那缕头发。

我不知道说什么。若是老实承认，我就成了奇怪的变态，若是抵赖不认，我就成了骗子兼奇怪的变态。娜塔莎将手中那绺头发拢到鼻前，自己闻了闻。这下可好——我还得出招免得她误会。搞不好，她以为我觉得她的头发不好闻呢。

“不。我的意思是，是。没错，我是闻了一下。”我说。

我住了嘴，因为娜塔莎的眼睛已经瞪得不能再大了。

“结果呢？”她催道。

我花了一秒钟，才明白过来她在问什么。“好香。你知道吧，春季时分，有时只下了五分钟雨，太阳转瞬又冒出了头，这时春雨化雾，空气还略带雨意？闻上去正像那种味道，非常好闻。”

我又闭上了嘴，尽管我的嘴根本不愿意闭上。我垂头望着手机，暗自盼望她能再次朝我靠近。

natasha

娜塔莎

他说我的头发闻上去像春雨。我真的使出了全身力气来稳住阵脚。我提醒自己：我不喜欢诗意的语言。我不喜欢诗歌。我更不喜欢痴迷诗歌的呆子。

可惜的是，我的内心并非一潭死水。

daniel

丹尼尔

她再次靠了过来，我也勇往直前，因为事情很明显：跟这个女孩在一起的时候，我胆子够大。或许，爱上一个人也代表着爱上自己。我喜欢跟她在一起时的我。我喜欢有什么就说什么。我喜欢她摆下一道又一道难关，我却勇往直前。通常我会撤退，但今天不行。

我提高了嗓门，好压过地铁撞击铁轨的"咣当"声。"好，第二部分问题来了。"我从手机上抬起眼神，"准备好了吗？亲密度要升一级了哦。"

她冲我皱皱眉，却依然点了点头。我高声念出一串问题，她挑了第24题：在你看来，你与你父母的关系怎样？

"你先答。"她说。

"唔，你见过我爸了。"我简直不知道该从何答起。还用说吗，我爱老爸，但爱一个人，并不等于你与对方关系融洽。我拿不准老爸跟我不对付，究竟在多大程度上是典型的青春期父子对抗（晚上10点以后回家就算晚归，真的不是开玩笑？），还是文化原因所赐（地道韩国人vs韩裔美国人）。我也拿不准，究竟是否可能把上述两种原因彻底分清。有些时候，我感觉老爸跟我仿佛位于隔音玻璃墙的两侧，能够望见对方，却无法听见对方。

“看来，你觉得不太融洽？”娜塔莎揶揄道。

我不禁笑出了声：居然三言两语就把一件如此复杂的事说得如此简单。地铁猛地刹了车，我们被颠得更近了。她没有挪开。

“跟你妈的关系呢？”娜塔莎又问。

“挺好。”

话一出口，我意识到自己没开玩笑，“她有点像我。她会画画，有艺术气质。”真有趣，以前我还从未想过老妈跟我颇有共同点，“现在轮到你了。”

她向我望来。“提醒我一下，我为什么会答应玩这鬼游戏？”

“不想玩了吗？”我问道，尽管我明知她不会半途而废。她是那种有始有终的人。

“我放你一马好了，竖大拇指表示‘融洽’，拇指朝下表示‘不融洽’，好吗？”

娜塔莎点点头。

“老妈怎样？”我问道。

拇指朝上。

“很融洽吗？”

“别太乐观，我今年十七岁，她又是我妈。”她答道。

“老爸怎样？”我问道。

拇指朝下。

“很不融洽吗？”我问道。

“非常非常不融洽。”

natasha

娜塔莎

“爱一个不爱你的人，是一种煎熬。”我告诉丹尼尔。他张嘴正待开口，又闭上了嘴。他想告诉我，毋庸置疑，我父亲当然爱我。他是想说，天下哪有不爱亲生骨肉的父母。可惜，事实并非如此。世事无绝对。大多数父母爱着子女。比如，我母亲爱我，的确属实。可惜的是，另一件事也的确属实：我是我父亲最后悔的事。

问我怎么知道?

那是他自己的原话。

samuel kingsley

塞缪尔·金斯利

悔恨史

第二部分

塞缪尔·金斯利曾一心笃信：成名乃是他命中注定。假如没有用武之地，上苍又怎会赐他满腹才华？

紧接着，帕特丽夏出现了。假如不能养家糊口，上苍又怎会赐他一双儿女与貌美娇妻？

塞缪尔记得与她初遇的一刻。当时他们还在牙买加，在蒙特哥湾。下着雨，是那种骤来骤去的典型热带暴雨。塞缪尔躲进一家服装店避雨，以免被淋个湿透，误了试镜。

她是商店经理，因此塞缪尔第一眼见到她时，她戴着员工胸牌，非常正式。她的秀发短而卷，有着他所见过最大、最美、最害羞的双眸。害羞的女子向来是塞缪尔的死穴——谁让她们如此谨慎、如此神秘呢。

塞缪尔祭出了鲍勃·马利与罗伯特·弗罗斯特的妙语，还唱了歌。帕特丽夏哪里抵挡得住他的魅力？试镜时间早已过去，但塞缪尔不在乎，他深深沉浸在帕特丽夏的双眼之中——最轻飘飘的情话也能让她瞪圆了那双明眸。

尽管如此，心底深处却有一个声音，劝塞缪尔尽早抽身。凭借几分先见之明，他望见了“秋色的林中那两条岔路”。或许，假如当初他挑了另一条路，假如他迈出店门而不是流连店中，一切都会有所不同。

daniel

丹尼尔

“韩国料理怎么样？最佳美食。健康，有益身体。”

我学着老妈的腔调，对娜塔莎说。每次出门吃饭，我妈都会搬出上述高论。查理总吵着去美式餐厅，我爸妈却总带全家去韩国店，尽管我们每天都在家吃韩餐。我倒不介意，因为我站在老妈一边：韩国料理怎么样？最佳美食。

娜塔莎跟律师约的时间快到了，我们没有多少时间可以消磨。看来我是无法在余下的几小时里让她倾心于我了。不过，我好歹能让她明天还想见我。我们走进我最爱的豆腐锅店“soon dubu”，一进店门，店员便用韩语招呼我们“欢迎光临”。这家店是我的心头好，店里的海鲜锅几乎跟我妈做的有一拼。店面半点也不花哨，正中摆着小木桌，周围一圈是卡座。现在店里不算挤，因此娜塔莎和我占了个包厢。

娜塔莎让我替她点单。

“你点什么我就吃什么。”她说道。

我摁了一下桌上的小铃，立刻来了一名女服务生。我点了两份海鲜锅。

"居然有个铃？"女服务生走后，娜塔莎问。

"太棒了，对吧？我们是讲究实用的民族。"我半开玩笑道，"饮食业服务的神秘面纱由此被彻底掀开：何时点菜？何时结账？"

"美式餐馆知道这招吗？我们真该跟他们讲一声，铃铛理应成为餐馆必备设施。"我哈哈大笑，表示同意，娜塔莎却又改了口，"算了，我改主意了。你能想象某些变态为点番茄酱拼命摁住铃不放吗？"她说。

一眨眼的工夫，配菜上桌了。我鼓起勇气，准备向娜塔莎介绍菜肴：曾经有一次，某个朋友的朋友拿韩餐开涮，问道"这道菜是什么做的？难道是狗肉？"当时我感觉逊毙了，但依然笑了几声——那一刻，我还真想使出一张"重来"卡。

娜塔莎却根本没问关于菜式的任何问题。女服务生走过来，递给我们两双筷子。"唔，能不能拜托你给我一把餐叉？"娜塔莎问。

女服务生凶巴巴地瞥她一眼，然后对我说："你得教女朋友用筷子。"

娜塔莎瞪圆了眼睛。"看她的态度，是不准备给我餐叉喽？"我不禁摇头哈哈大笑，"看来，你确实该教我用筷子了。"娜塔莎说。

"不用搭理，"我说，"总有些人，别人不照她的规矩办，她就不开心。"

娜塔莎耸了耸肩膀。"所有文化无不如此。美国人也好，法国人也好，牙买加人也好，韩国人也好。人人都认为，自己的方式是最佳的方式。"

"不过，我们韩国人有可能说得对。"我咧嘴一笑。

女服务生回来了，把豆腐锅和两个生鸡蛋摆到我们面前，又把用纸包好的勺子往餐桌正中随便一摆。

“这道菜叫什么？”等到女服务生走远以后，娜塔莎问。

“豆腐锅。”我答道。

娜塔莎望着我将生鸡蛋打进锅里，用热腾腾的豆腐、虾和蛤蜊盖起来烫熟。她也有样学样，根本没提这玩意能否入口。

“这个真不错。”她啜了一匙，边说边开心地扭来扭去。

“你干吗说自己是‘韩国人’？”娜塔莎又啜了几口，问道，“你不是在美国出生的吗？”

“出生在哪里并不重要。人们总问我来自哪里，以前我说自己就是本地人，结果他们又问‘你究竟是从哪里来的’，于是我回答‘韩国’。”

娜塔莎没有笑，却问我为什么这样回答。

“因为我说什么并不重要。人们看着我，只想要相信他们愿意相信的一切。”我回答。

“真是很讨厌。”她一边说，一边舀起泡菜放进嘴里，我可以一整天看着她吃饭。

“我习惯了。我父母觉得我不够韩国化，其余所有人又觉得我不够美国化。”我说。

“太惨了。”娜塔莎吃完泡菜，又吃起了豆芽，“不过，我觉得你不该说你自己是韩国人，你明明是本地人。”

对她而言，事情就是这么简单，我很喜欢这一点。对她而言，所有问题的解决之道便是说实话——这一点我也很喜欢。我纠结于定位自己的身份，而她告诉我，说真话就行。

“别人非要给你贴标签，也由不得你。”娜塔莎评道。

“别人也给你贴标签吗？”

“是啊，只不过我确实不是本地人，记得吗？我家是在我八岁时搬到美国的，当时我讲话还有口音。第一次见到雪的时候，我正在教室里上课，当场心醉神迷，‘嗖’地站起来呆望。”

“噢，不是吧，那你的同学什么反应……”

“反正场面不怎么好看。”她佯装记起当初的一幕，打个冷战，“想听件更惨的事吗？第一次拼写测验的时候，老师说我把‘特别喜欢的（favorite）’这个单词拼错了，因为我拼的是‘favourite’。”

“你确实拼错了嘛。”

“没有错。”娜塔莎朝我挥挥勺子，“‘favourite’才是正确拼法，不信去问英女王陛下。好好做一下功课，美国人。不管怎么讲，我是个小书呆子，所以我拿字典给老师看，要回了我的测验分数。”

“不是吧。”

“是啊。”她展颜一笑。

“你对分数很上心呢。”

“一分不让。”她咯咯笑了起来——我还不知道她会咯咯发笑。当然，几小时前我才刚刚与她初识，我不可能知晓她的一切。我喜欢一步接一步地了解他人：听到之前不曾听过的点滴，见到之前不曾见过的神情——似乎十分神奇，让人难以想象会有腻味的一天，难以想象会有厌倦听她述说的一天。

“打住。”娜塔莎说。

“什么？”我说。

“不要盯着我看。”

“遵命。”我说。我捞出锅里的鸡蛋，发觉它已经烫得半熟，火候刚刚好。“一起吃蛋吧，”我告诉娜塔莎，“这可是精华所在。”

她用勺子舀出她的那只鸡蛋，于是我们双双坐在卡座中，勺子里舀着鸡蛋，手中拿着勺子。

“数到三吧。一、二、三。”

我们一起将鸡蛋放进嘴里。我眼睁睁望着她瞪大双眸，简直能辨认出她咬破蛋黄的一刻。她闭上了眼睛，仿佛正品尝此生从未见过的美味。虽然她明确不让我“盯着”她看，我却死活挪不开眼神。我喜欢她对事物的全心投入。真不明白，娜塔莎明显是个对生活充满热情的女生，为什么要死硬地抵制这份热情呢？

the waitress

女服务生

爱的历史

学习用筷子。

教女朋友用筷子。

我的儿子约会了白人女孩。我丈夫的反应？他接受不了。刚开始，我站在孩子爸爸一边。儿子向我们交底以后，我们整整一年没有跟他搭话。“别跟儿子搭话，好让他明白道理，清醒清醒。”我暗自心想。

我们不跟孩子搭话，但我想念他。我想念我的宝贝儿子，想念他的美式笑话，想念他捏捏我的脸颊，声称我是所有“老妈”中最美的一个。当其他男孩一个个变得美国味十足，我的儿子却从未觉得我让他丢脸。

整整一年多，我们没有跟儿子搭话。当他终于来电时，我不禁心想：好歹等到了。他终于醒悟了。白人女孩永远不会理解我们，永远成不了韩国人。可惜，儿子不过是打来电话通知，说他结婚在即，请我们去参加婚礼。从儿子的语气中，我听得出他多么深爱女方；我听得出他爱她胜过爱我；我还听得出，假如拒绝参加婚礼，我将失去我的独生子，爱我的独生子。

孩子爸爸却不肯答应。儿子恳求我们出席，但我没有答应，直到儿子再不开口恳求。

他结了婚。我在脸书上见到了照片。

他们头胎生了个儿子。我在脸书上见到了照片。

他们又有了一个孩子。这次是个女儿。

我的孙子和孙女，我却只能从电脑屏幕上遥遥远望。

于是，当男孩带着与其母肤色面貌大不相同的姑娘一起进店，我会生一肚子气。这个国家千方百计夺走你所有的一切。你的语言，你的美食，你的孩子。

学会用筷子。

总不能让这个国家为所欲为。

natasha

娜塔莎

跟律师约好的时间还有不到两小时，丹尼尔却一心想去韩式的“卡拉OK”。而“卡拉OK”一词，本就等同于当着满屋素不相识的陌生人唱歌，自己主动丢人显眼，在场的其他人都只是为了看你出丑。

“跟美国的‘卡拉OK’不一样，”我不太乐意，丹尼尔却不肯松口，“要文明得多。”他劝道。

韩式所谓“文明”的“卡拉OK”就是在一个私密小隔间内，在朋友面前丢人。巧合的是，丹尼尔最爱的“卡拉OK”室正好在我们刚吃午餐的餐厅隔壁，店主也是同一位，因此我们连店门也不用出，因为餐馆之中就有入口直达“卡拉OK”室。

丹尼尔挑了一间最小的房，却依然很大，显然原本可供六至八人使用，并非仅仅两人。“卡拉OK”室里光线暗淡，四周一圈几乎围满了舒服的红色皮沙发，沙发正前方伫立着一张硕大的方形咖啡桌，咖啡桌上摆着一只麦克风、一只造型复杂的遥控器、一个厚册子，封面上用三种语言标明“歌单”。“卡拉OK”室门旁有台播放歌词的大电视，天花板上垂下一只迪斯科球。

贝芙一定会爱死这间“卡拉OK”室。首先，她痴迷迪斯科球。贝芙卧室的天花板上悬着四只迪斯科球，还有一只迪斯科球形的钟表和灯。其次，贝芙声音甜美，因此不会放过一切在人前展示的机会。一念及此，我又查了查手机，想瞧瞧贝芙是否给我发过短信，但一条也没有收到。贝芙只是很忙罢了。我暗自心道，她不是已经忘了你，你还在美国的土地上呢。

丹尼尔关上了“卡拉OK”室的房门。“真不敢相信，你竟然从没来过‘卡拉OK’。”他说。

“骇人听闻，我知道。”我回答。

门关上后，房间显得小而亲密。

丹尼尔给了我一个“我有同感”的表情。

“我们点些甜点吃吧。”他说着摁下墙上的按钮。餐厅那名女服务生应声来为我们点单，根本懒得抬眼皮看我。丹尼尔点了一道“patbingsoo”，结果是用刨冰、水果、小而软的年糕和红豆做成的。

“喜欢吗？”丹尼尔问——我爱不爱吃对他很重要。

只用了六勺，我就吃光了“patbingsoo”。怎么会不喜欢？冰爽、甜蜜，而又美味。

丹尼尔微笑地看着我，我微笑地看着他。

事实显而易见：我喜欢让他开心。

事实显而易见：我不知道这是什么时候开始的。

丹尼尔从咖啡桌上拿起歌单，翻到英文部分。他挑来挑去不知挑哪首才好，我则审视着电视上的韩国流行音乐视频——全是糖果色，极富感染力。

“随便挑一首就好了嘛。”第三则视频开唱时，我告诉丹尼尔。

“这可是卡拉 OK，”他回答，“只许歌挑人，不许人挑歌。”

“拜托，你一定是在开玩笑。”

他冲我眨眨眼睛，解开领带。“是啊，开玩笑而已，我要找几首歌让你惊艳一下。”

丹尼尔解开了衬衫最上面一颗纽扣。他又解下领带，我遥遥凝望着他的双手：他不是在脱衣服，不是此时此刻当着我的面脱衣服，但感觉却偏偏如此。没有什么难堪的画面，我只匆匆瞥见他的喉头。他解下扎马尾的橡皮筋，抛到桌上。他的黑发刚刚及肩，他心不在焉地将头发拢到耳后。我简直看得目不转睛，仿佛等了整整一天才等到此刻。

事实显而易见：不扎头发时，他十分性感。

事实显而易见：扎起头发时，他依然十分性感。

我赶紧移开目光，紧盯着墙上的空调，暗自琢磨把室内温度调低一些。

丹尼尔卷起了袖子，惹我笑出了声：他这副架势好像要干体力活。我千方百计不去注意他修长流畅的前臂线条，眼神却一直在上面流连。

“你唱得好吗？”我问丹尼尔。

他佯装板起脸向我望来，一双欢快的眸子却出卖了他。

“不骗你，”他说，“我唱功不赖，堪比意大利歌剧歌手。”他拿起遥控器，键入选中的歌。“你呢？”他问道。

我没有回答。谜底分分钟便会揭晓。事实上，只要我一开口，丹尼尔对我的迷恋必会不治而愈。

事实是：我是世界上唱歌最难听的人。

丹尼尔站起身，走到电视前方的空地上。显然，他需要施展的空间。他调整站姿跨开两腿，微微低头让长发覆上面孔，一只手将麦克风举到半空，摆出一个经典的摇滚明星姿势。歌曲是ABBA乐队那支《给我一个机会》。丹尼尔单手捂住心口，低声吟唱出第一句。真是歌如其名，整首歌都是在说机会，尤其是劝我尝试给他一个机会。

唱到第二段时，丹尼尔暖够了场，向我抛来一个滥俗的“流行明星”式神情——双眉挑高、眼神犀利、嘴唇噘起。据歌词声称，只要我们在一起就可以做许多有趣的事，包括跳舞、散步、聊天、听音乐。奇的是，歌中竟然没有提到接吻。丹尼尔作势演绎着歌中每一件有趣的事，我忍不住哈哈大笑。

唱到第三段时，丹尼尔干脆屈膝跪在了我面前。歌词说什么美丽的鸟飞走后他感到孤独，听得我一头雾水。鸟指的是我吗？还是指丹尼尔？为什么会扯到鸟？

最后，丹尼尔站起身，双手紧握麦克风，尽情歌唱。我笑得抓狂，他却半点也没觉得下不来台。除此之外，他真没有瞎扯，他的“唱功”果然十分不赖。他唱得天花乱坠，甚至干脆给自己伴唱，一遍又一遍高歌着“给我一个机会”。

丹尼尔并非故意表现得很性感，只是在搞笑。太过搞笑，竟变得十分性感。我不知道搞笑会产生这样的效果。他跳起迪斯科舞步，我却留意到紧绷在他前胸的衬衣；他伸手夸张地拂过头发，我却留意到他纤长的手指；我还留意到，他那穿着西裤的臀部是多么好看、多么紧实。

事实显而易见：我喜欢臀部。

鉴于今天已经衰到了家，上述一切本该对我不起丝毫作用。谁知道，它却偏偏打动了我。他根本不觉得难为情，他根本不在乎是否出丑。他一心一意，只想逗笑我。

歌很长，一曲唱毕时，丹尼尔全身发热、大汗淋漓。他凝望电视，直到屏幕上蹦出一只艳粉色的卡通麦克风，亮出一个分数：99%。斑斓五彩洒满了电视屏。

我咆哮了一声。“你可没提还会打分。”

他得意地冲我一笑，瘫倒在我身旁的座位上。我们的前臂彼此轻拂，各自抽开，又再度拂过。我竟然留意到了——真好笑，但我确实留意到了。

丹尼尔走过去拿起话筒，递给了我。

“该你了。”他说。

daniel

丹尼尔

要是早点想到来唱“卡拉OK”，那该多好。单独跟她一起待在灯光暗淡的房间里简直是置身天堂（迪斯科天堂）。她在翻阅歌单，嘀咕着说自己唱得很糟糕；我则呆望着她，因为现在她太心不在焉了，没空命我“不许直勾勾”看着她。

我没法确定最喜欢她脸上的哪一部分。此时此刻是她的嘴唇。她正轻咬下唇，露出一副“选择太多令人恼火”的神情。

她终于决定了。她没有拿起遥控器，只是趴在桌上键入了歌曲代码。她的裙摆朝上掀起了一截，我可以望见她的大腿后侧。沙发在她的美腿上留了个印。我想伸出手，用拇指将它抚平。

她扭头望我，我根本没办法装作没盯着她。我不想装。我渴望她，我也想让她明白我渴望她。她没有将视线从我身上挪开。她张开了嘴（绝对堪称宇宙中最美的双唇），用舌头舔了舔下唇。

我要挺身而起，我要吻她。世上没有任何力量拦得住我。谁知道，正在这时，她刚点的歌曲猛地响起，让人无比惆怅地扼杀了这一刻。

我听得出歌曲开始的和弦。是“声音花园”乐队的《阴郁之日》。歌一开头，“声音花园”乐队主唱克里斯·康奈尔便昭告世人，他所担忧的一切“皆已成真”。自此歌曲一路低回，直到副歌响起，听者亿万次得知（差不多），歌中人已堕入“阴霾”。

平心而论，这首歌算是有史以来最阴郁的歌曲之一。

即便如此，娜塔莎爱这支歌。她伸出双手攥住麦克风，紧紧闭上了双眸。她的歌声十分真挚，发自肺腑，难听得不得了。

唱得不好。

一点儿也不好。

可以肯定，娜塔莎五音不全。但凡她唱准了音，必属巧合。她闭着眼睛，笨拙地左右摇摆。她倒无须看词，因为她显然对这支歌了然于心。

唱到结尾处，她已经彻底把我忘到了脑后，浑然不觉尴尬了。她的歌声依然让人难以入耳，但她单手捂着胸口，放声歌唱着未卜的命运，一声又一声唱得十分动情。

谢天谢地终于结束了。这首歌专治快乐。娜塔莎抬眼瞥了瞥我。我还没有见过她害羞呢。她又轻咬下唇，皱起一张苦瓜脸，太可爱了。

“我爱死那首歌了。”她说。

“有点阴郁，对吧？”我逗她。

“一点点焦心不会有什么坏处。”她说。

“你是我见过跟‘焦心’最不沾边的人。”我说。

“才不是，”她说，“我只是擅于伪装。”

她应该是无意中向我交底的吧。她应该并不乐意显露自己的弱点。她转过身，把麦克风搁到咖啡桌上。

但我不会让此刻白白溜走。我一把攥住了她的手，将她朝我拉近。她没有抗拒，我将她径直拉进了怀中，直到我们互相听得见彼此的呼吸。

“你真是唱歌最难听的人。”我打趣道。

娜塔莎眼睛闪闪发亮。

“我说过我唱得很难听。”她说。

“你没有讲过。”

“在我心里，我已经讲过了。”

“那，我在你心里吗？”我问她。

她离我如此之近，我能感觉到她涨红的脸微微发烫。

我伸出一只手，揽上她的腰，将手指深埋进她的秀发。我们之间呼吸相闻，一时间一切皆有可能。我在等，等她用眼神回答“好的”，随后便在她的唇上印下了一吻。她的双唇如此柔润，令我深深沉迷。一开始不过是点到为止，但紧接着，我们都情不自禁。她轻启双唇，我们唇舌纠缠。我全身僵硬，不过这感觉太过美妙，太过心荡神驰，让人来不及不好意思。娜塔莎轻声呻吟，让我越发想要吻她。

我才不在乎她对爱情和化学反应的看法。这种感觉怎会一朝消失无踪？如此心荡神驰，不可能只是化学反应。她抽开了身，迎上我的目光，眼中星光迷离。

“别走。”我说。我又深深吻她，仿佛明天再也不会来临。

natasha

娜塔莎

我停不下来。我不想停下来。我的身体半点也不在乎我的大脑怎么想。他的吻仿佛无处不在。在我的发尖。在我的肚脐。在我的后膝。我想将他拽过来，我想向他贴过去。

我们两人一起向后挪，我的腿撞上了沙发。他扶我躺下，自己则半倚在我的身上，一条腿依然着地。

吻吧，不要停。我全身滚烫，只恨吻得不够深，贴得不够紧，胸中乱蹿着一股难以扑灭的火苗。我从沙发上弓起身，想挨他更近些。他的手揽着我的腰，又游向我的胸，轻拂我的双峰。我伸出胳膊勾住他的脖子，手指埋进他的黑发。终于等到这一刻了。整整一天，我都恨不得将手埋进他的黑发。

事实显而易见：我不信魔法。

事实显而易见：我们之间的一切充满魔力。

daniel

丹尼尔

真……

natasha

娜塔莎

要……命……

daniel

丹尼尔

我们不能在“卡拉OK”室里做爱。

我。

们。

不。

可。

以。

但我不得不老实交代，我不是不想。假如继续吻下去，我只怕就要开口相求了，而我并不希望她认定我是个跟萍水相逢的女孩初次约会后（算是初次约会吧）就在“卡拉OK”室里做爱的家伙。但是，老天爷哪，我真恨不得立马就在“卡拉OK”室里跟她做爱。

natasha

娜塔莎

我的手轻抚着他，根本停不下来。抚过他的黑发，抚上他肌肉分明的坚实后背，又不由自主地抚上他的翘臀。不出所料，棒极了。紧实、圆润、匀称。非常需要抚摸。真该永远禁止他穿长裤才对。我伸手握住捏了捏，感觉竟比想象中还要美妙。

他挺起身，双臂撑在我的面孔两侧，对我微微一笑。“这可不是个甜瓜。”

“反正我喜欢。”我说着又捏了捏。

“归你了。”他告诉我。

“你考虑过穿皮套裤吗？”我问道。

“绝对不行。”他哈哈大笑，又红了脸。

我就爱害他脸红。他俯下身子，再次给我一吻。这一吻仿佛无处不在。我费力将手从他的翘臀抽回他的肩上，让他慢下来。要是再吻下去，稍后场面可就更加难以收拾了。

所以，不能再亲了。

daniel

丹尼尔

我感觉到她犹疑不前。坦白讲，场面如此失控，也有点吓到我了。我站起身，扶她坐起来，我的手掌放在她的后颈，将额头贴在她的额头上。我们的呼吸都太快，太不规律。我知道我们之间有化学反应，但我并未料到这一幕。

我们是闪电中的火星，是干柴烈火，是火警和森林。

今天有着无数种可能，我没有料到它通向眼前这一种。不过，此时此刻，我敢打赌，正是今天发生的一切一步步将我带到了她的身边，将我们带到了现在的一刻，带向共度余生之路。

就连查理被哈佛一脚踢出校门，都像为我们此刻做准备。要不是查理吃了瘪，老妈就不会说出今天早上那番话。

要不是她说出今天早上那番话，我就不会那么早急着出门剪头发。

也就不会踏上7号线，遇见找寻上帝的列车长。

要不是遇见找寻上帝的列车长，我就不会出了地铁改作步行，不会撞见听音乐听得飘飘欲仙的娜塔莎。要不是列车长刚刚好一番念叨上帝，我就不会注意到娜塔莎身穿那件“解围之神”

夹克。

要不是注意到了那件夹克，我就不会尾随她去唱片店。

要不是因为她的前男友顺手牵羊，我就不会跟娜塔莎搭话。

就连开宝马车的混蛋，也好歹有几分功劳。要不是他闯了红灯，我也就没机会跟娜塔莎多相处几秒钟。

以上种种，一步接着一步，将我们两人带到了这一刻。

娜塔莎跟我的呼吸都恢复正常以后，我吻了吻她的鼻尖。

“我说的没错吧。”我说着又印下一吻。

“鼻子先生。”她说，“什么没错？”

我一边答话，一边吻着她的鼻尖。

“我们。”

一吻。

“是。”

一吻。

“天。”

一吻。

“生。”

一吻。

“一。”

一吻。

“对。”

又是一吻。

她抽开了身。她的双眸蒙上了阴云，挣脱了我的怀抱。放开她实属不易，仿佛拉开两块磁铁。我们的命运相遇吓到她了吗？

娜塔莎在沙发上挪了挪，和我隔开了一大段距离。我可不愿意让这一刻白白溜走。几秒钟之前，我还认定这份激情永不会消逝呢。

“想再唱一首吗？”我问道。我的声音发涩，于是我清了清嗓子，向电视屏幕望去——刚才我们根本等不及瞧瞧娜塔莎的得分，就急吼吼地接起了吻。屏幕上显示的数字是89%：也即惨不忍睹。要在卡拉OK室里唱出不到90%的低分，着实不太容易。

娜塔莎也扭头望了望电视，一声不吭。我实在摸不清她的心思。她为什么非要抗拒我们之间的火花？她抚着秀发，拨过一缕又松开，再拨过一缕，再次松开。

“对不起。”她说。

我挪过去，拉近了娜塔莎刚刚拉开的距离。她的双手合在膝上。

“你为什么说对不起？”我问道。

“为我忽冷忽热的态度吧。”

“一分钟之前，你明明还没有这么‘冷’。”我开了个玩笑——此时此刻，只怕再也开不出比这更蹩脚的玩笑了，结果很难说，我抬了抬眉毛，只待娜塔莎的反应。

她的脸上露出了笑容，眼中的阴云一扫而光。“哇，”她的声音中也添了几分暖意，“你对语言真是有办法。”

“对美女也有办法。”我趁热打铁道。为了逗她开心，我倒不惜委屈自己出出洋相。

娜塔莎又笑了起来，在沙发上往后一仰。“你确定自己能当个诗人？那句话可不怎么样。”

“那你本来以为会是……”

“更诗意的说辞吧。”娜塔莎回答。

“你在开玩笑吗？大多数诗句可都是关于性。”

她将信将疑。“你手头有数据支持这一说法吗？亮出数字给我瞧瞧。”

“科学家！”我凶她道。

“诗人！”她回嘴道。

我们都笑了，也不试图向彼此掩饰笑意。

“确实，我读过的大多数诗歌是关于爱、性或者星星。你们诗人都痴迷于写星星。陨星啦，流星啦，垂死的星星啦。”娜塔莎说。

“繁星至高无上。”我笑着说。

“毋庸置疑。不过，你们怎么不多写几首关于太阳的诗呢？太阳也是一颗星星啊，还是最为重要的一颗。单凭这点，就值得为它谱写一两首。”

“那就说定了。从今以后，我的笔下只写关于太阳的诗。”我宣布道。

“好啊。”娜塔莎说。

“不过说真的，我觉得，大多数诗都跟性脱不了干系。罗伯特·赫里克就写过一首诗，名叫《劝女惜时》。”

娜塔莎盘腿坐到沙发上，笑得直不起腰。“不是吧。”她说。

“绝非瞎扯。”我答道，“他基本上在劝说处女快点抛弃贞操，处子之身就死了太可惜了，天理不容。”

娜塔莎收起了笑声。“或许他的言下之意是，我们应该活在当下，仿佛今天就是我们的全部。”

娜塔莎再度变得严肃又哀伤，而我摸不清缘由。她倚在沙发上，仰面审视着那只迪斯科球。

“跟我讲讲你爸的事吧。”我说。

“我不想谈他。”

“我知道，不过还是跟我聊聊吧。你为什么说他不爱你？”

她抬起头，向我望来。“你还真是穷追猛打。”她说着又猛地低下了头。

“明明是坚韧不拔。”我说。

“我不知道该怎么讲。总而言之，我爸最大的情绪就是后悔。活像他以前犯了一个滔天大错，误入歧途，结果没有走上命中注定的正道，反而跟我、老妈、弟弟一起消磨了一生。”

娜塔莎声音发抖，但没有掉眼泪。我伸手握住她的手，我们向电视望去。屏幕上，娜塔莎原本跳跃的分数已被一则大西洋城赌场的无声广告取代。

“我妈的画很美，”我对娜塔莎说，“真的非常不错。”

我的眼前仿佛浮现出母亲收到父亲礼物时的一幕，浮现出当时母亲眼中泛上的泪光。“你其实无须这么费心。”她说。

“是特意给你的，”父亲答道，“以前你总爱画画嘛。”

当时，我吃了一惊。我原本以为自己深知母亲的一切，深知父母的一切，谁知他们竟有着我毫不知情的过往。我问母亲当初为什么搁下了画笔，她在空中摆摆手，恰似将过往的岁月轻轻拂去。

“那是很久以前的事了。”她说。

卡拉OK室里，我在娜塔莎手上轻轻一吻：“有时候我觉得，她生下我们兄弟俩，也算是误入歧途。”

“她是这么想的吗？”娜塔莎问道。

“我不知道，”我随即改口，“但如果非要我猜的话，我觉得，她对自己的生活很满意。”

“那就好。”娜塔莎说，“你能想象活了整整一辈子，却始终认定自己犯了一个弥天大错吗？”她说着竟微微发抖。

我又举起她的手，举到唇边吻了一吻。她的呼吸渐渐平缓下来。我拉她向前想吻她，她却又拦住了我。

“跟我说说，你为什么想当个诗人。”娜塔莎问。

我往后一仰，用拇指抚着她的指节。“我说不清。我的意思是，我不知道我是否想把写诗当成一个职业。难道现在我就得知道我想要干什么吗？我只知道一件事：我喜欢写诗，真心喜欢。我会冒出些想法，总得记下来吧。一旦白纸黑字地写下，就成了诗。只有写诗让我如沐春风，除了……”

我住了嘴，免得再吓到她。

娜塔莎从沙发上抬起头。“除了什么？”她的双眸神采奕奕；她想知道答案。

“除了你。你也让我如沐春风。”

她从我的掌中抽回了手。我以为她又要切换回“退缩”模式了，但事实并非如此。她前倾身子，吻了我一下。

natasha

娜塔莎

我吻了他一下，好让他闭嘴。假如他继续说下去，我会爱上他。我可不想爱上他，真的不想。可惜从策略层面讲，这不是个好方法。接吻只是另一种表达方式而已。

daniel

丹尼尔

终有一天，我会为“吻”写诗赋颂，命名为《吻之颂》。那将是不朽的诗篇。

natasha

娜塔莎

要不是那位坏脾气的女服务生来问我们是否还要点单，我们或许仍在接吻。总之，女服务生搅了局，不过我们反正也该走人了。我依然想带丹尼尔去我在纽约的最爱——自然历史博物馆，于是我告诉了丹尼尔，我们迈步来到店外。

出了黑漆漆的卡拉OK室，阳光显得格外耀眼。不仅仅是烈日——一切似乎都显得让人难以承受。这个城市太吵，太挤。

有那么几秒钟，层层叠叠、竖着韩语标牌的商户让我晕头转向，直到我恍然记起：原来，我们身在韩国城。此处是理应酷似首尔的纽约一隅，但我不知道它是否酷似首尔。我又眯眼打量着烈日，恨不得再躲回室内。我尚未做好准备，再度迎接喧嚣吵闹、熙熙攘攘的现实版纽约张牙舞爪地向我袭来。

现实——正是它让我猛然回过了神。这便是现实。橡胶与废气的味道，太多汽车拥堵不前的声音，空气中臭氧的味道。赤裸裸的现实。在卡拉OK室，丹尼尔和我可以戴上假面，可惜光天化日之下，我们无法伪装。这正是纽约最让我倾倒之处：无论你使出什么招数骗自己，它都会让你无所遁形。

我们同时向对方转过了身。我们还十指紧扣，可惜那也感觉像在作秀。我从丹尼尔手中抽回了手，理了理我的背包。他等着我再度握上去，但我还没有做好准备。

daniel

丹尼尔

本地少年无法独自离开。

娜塔莎与我并排坐在地铁上。尽管地铁一直在把我们朝一处颠，我却能觉察出她在躲我。我们对面没有坐人；我们的目光在地铁车窗上交汇。她掉开眼神，我向她望去；我掉开眼神，她向我望来。她的背包放在膝上，她紧搂着它，仿佛背包分分钟会起身溜走。

我大可以伸手握住她的手，逼她表态，但这一次，我希望她能采取主动。我希望她亲口承认我们的恋情，我没有办法放手不管。我希望她亲口说出：我们是天生一对。只要几句话，说什么都行，总之让我心里有底，让我明白我不是在胡思乱想。

我真该放手的。

我要放手了。

"你在怕什么？"我问道，根本没打算放手。

natasha

娜塔莎

我痛恨装模作样，此刻我却在装模作样。

“你说什么？”我冲着地铁玻璃窗中丹尼尔的倒影说道，不看他的脸。

daniel

丹尼尔

我差点就要相信她不知道我在说些什么了。我们的目光在玻璃窗中交汇，仿佛我们只敢借此凝视对方。

“我们应该在一起。我知道你也有同感。”我不肯松口。话一出口，却变了味——有几分像是指手画脚，有几分像是责备，又有几分像是恳求。

娜塔莎一声不吭，只是站起身，伫立在地铁门边。假如怒气有形的话，我只怕能见到她身上正发出一波又一波怒火。

我想走过去跟她道个歉。又想问清楚，她究竟在闹些什么。我逼着自己又坐过了剩下的两站，直到地铁终于呼啸着驶入了81街站。

地铁门开了。娜塔莎钻过人群，奔上台阶。我们刚刚上到台阶顶端，她就把我拽到一旁，转身面对着我。

“用不着你来教训我该有什么感受。”她低声吼道。她本来还想说几句，却又把话咽了回去，只是迈步走开了。

她很沮丧，不过现在我也很沮丧。我追上了她。

“你到底在闹什么啊？”我一边说，一边举高了双手。

我并不愿意跟她吵。中央公园就在对街，园中秋叶葱茏，美景动人。我想跟她并肩在园中漫步，随手在我的笔记本上写下几句诗。我想听她拿我开涮，取笑我在笔记本上写诗。我想让她教教我，秋叶为什么变了颜色，又是如何变了颜色——我敢打赌，她对其中的道理一清二楚。

她将背包甩到肩上，在胸前抱起双臂。“命中注定的事并不存在。”她说。

我才不想开启什么哲学论战呢，于是我服了软。“好吧，但如果世上真有……”

娜塔莎打断了我的话。“够了，别说了。不存在就是不存在。再说，即使真有，也绝对轮不到我们。”

“你怎么能这么说？”我明白，我胡搅蛮缠又不讲道理，说不定还触犯了其他禁忌：跟别人争这种话题，怎么争得赢呢。

谁能劝服他人爱自己？

一阵微风拂过我们身周的树叶，“沙沙”作响。现在是今天最冷的时刻。

“因为这是真话。我们不可能在一起，丹尼尔。我是非法移民，马上就要被驱逐出境了。今天是我待在美国的最后一天，明天我就会离境。”

她这些话也许不该照字面理解？——我的大脑筛选着其中的关键字，将其重新组合，只希望能找出另外一层含义。我甚至竭力飞快地作上一首诗，可惜那些字眼不肯乖乖听话。它们重逾千斤，我竟然无力应付。

最后。

非法。

美国。

离境。

natasha

娜塔莎

通常来说，这样的事（也就是在公共场合吵嘴）会让我感到难堪，但除了丹尼尔，此刻我眼里几乎再容不下其他人。假如真要实话实说，今天一整天都是如此。

他伸手扶额，黑发掩上了面孔。我不知道该说些什么，做些什么。真希望收回刚才说的那番话，真希望能继续装下去。事情落到这个下场，全都是我的错。我早该在一开始就跟丹尼尔坦白，但我并未料到我们会走到这一步。我并未料到，自己会如此动心。

daniel

丹尼尔

“因为你，我推迟了面试时间。”我的声音很轻，我说不好自己是否想让她听见，但她确实听清了。

她猛地瞪大了眼。她一时不知道说什么好，最后说出口的是：“等一下，要怪到我头上吗？”

我当然要怪她；不过，究竟要把什么怪到她头上，我却难以说清。一名骑单车的快递员跃上了人行道，几乎跟我们擦身而过。有人高声冲快递员吼了几句，叫他别跟行人抢道；我也想高声吼他，叫他乖乖“遵守规则”。

“你本来可以先给我提个醒。”我对娜塔莎说，“你本来可以先跟我说一声，你要离开了。”

“我明明提醒过你。”娜塔莎的话音中添了几分戒心。

“不够。你可没有提到，二十四小时之内，你就会搬到另外一个国家了。”

“当时我又不知道，我们会……”

我打断了她的话。“我们初遇的时候，你就对自己的情况心里有数。”

“当时我的情况跟你无关。”

“那么现在有关系吗？”尽管眼下的情况很绝望，但只要她亲口承认“跟我有关”，也能给我一些希望。

“我明明提醒过你。”她不肯松口。

“不够明确。遇到这种局面，就该开口说实话，别说什么‘不信爱情’‘诗歌见鬼’之类的话。你就该说，‘丹尼尔，我马上就要离开了’，你该说，‘丹尼尔，别对我动心’。”

“这些话我都说过。”娜塔莎算不上是在吼我，但也不肯噤声。

一个身穿厚呢大衣、打扮时髦的小鬼头冲着我们睁大了双眼，拽了拽父亲的手。一群带着旅游指南的游客细细打量着我们，仿佛我们正在作秀。

我压低了声音。“没错，可惜当时被我当成了耳边风。”

“那又该怪谁？”她追问道。

我无言以对，我们直勾勾地瞪着彼此。

“你不会真对我动心了吧。”娜塔莎的声音轻柔了些，半是丧气，半是怀疑。

我再次无言以对。就连我自己，也被今天为她神魂颠倒的自己吓了一跳。可惜的是，心动不心动，不由你说了算。

我竭力浇灭战火。“我为什么就不能对你动心？”我问道。

她用力拽了拽背包的背带。“因为那是犯傻。我已经提醒过你不要……”

我再也受不了了。整整一天，我无时无刻不在剖白心迹，到了眼下，这颗心已然伤痕累累。

“好极了。你什么也感觉不到吗？刚才我吻你的时候呢？”

“你觉得几个吻就代表永远？”

“我觉得，刚才那几个吻可以。”

她合上了双眸。当她再度睁开眼睛时，我仿佛从中望见了几分同情。“丹尼尔……”她开口说道。

我打断了她的话。我想要的不是“同情”。“别说了，随便吧。我什么也不想听。我懂，你没有心动的感觉嘛，你要离开了。祝你过得幸福。”

我才刚刚迈出两步，娜塔莎说道：“你跟我爸一模一样。”

“我还根本没见过你爸呢。”我边说边穿上夹克。夹克感觉紧了一些。

她在胸前抱起双臂。“见没见过无所谓，反正你跟他一模一样，为人自私。”

“我才不是。”我开始为自己辩护。

“你明明就是。觉得整个世界都围着你转，围着你的感情转，围着你的梦想转。”

我干脆举手表示作罢。“有梦想没什么错。我可能算是个傻兮兮的梦想家，不过至少我还有梦。”

“有梦想凭什么是种美德？”娜塔莎追问道，“你们这帮所谓梦想家，个个都觉得世界只为你与你的激情而生。”

“总比脑袋空空好吧。”

她冲我眯起眼，一副准备开战的派头。“真的吗？凭什么？”

简直不敢相信，我还要解释这种事。“因为这是我们在地球上的使命。”

“不，”娜塔莎摇着头说，“我们在地球上的使命是进化与生存，仅此而已。”

我就知道，她会扯上科学。她不可能是认真的。“你口是心非。”我说。

“你很了解我吗，你没资格这样说。”她说，“再说，梦想是奢侈品，不是人人都负担得起的。”

“没错，但你明明有梦。你是害怕步你父亲的后尘，你不愿意选错路，所以你干脆什么也不选。”我明白，道理可以说得更好听些，可惜此刻我的脾气也不是太好。

“我想当个什么样的人，我自己早就心里有数了。”娜塔莎说。

我忍不住要奚落她一番。“当个数据科学家之类？这可算不上什么激情所在，不过一份工作罢了。做梦不会害死人的。”

“才不是。”娜塔莎说，“你怎么会这么天真呢？”

“好吧，我宁愿天真，也不愿意落到你那种境地——目力所及，只有眼前的几步远。”我说。

“总比见到海市蜃楼好。”她说。

这一下，我们的对话陷入了僵局。

骄阳躲进了云层背后，一阵凉爽的微风从中央公园向我们拂来。我们互相对望了片刻。烈日之下，她看上去有些不太一样。估计我也是吧。娜塔莎认定我很“天真”；不仅如此，她还认定我很可笑。

或许，就这么了断再好不过。宁可有个干干脆脆的悲剧收场，也好过又臭又长的结局——又臭又长的结局会害我们悟到一点：我们不是同路人，爱情本身并不足以让我们长相厮守。

以上念头一条接一条从我的脑海中冒出来。我一条也不信。

风势又紧了，吹乱了她的秀发。我简直可以清楚地想象出秀发发梢挑染成粉色的一幕。我很想亲眼望见。

natasha

娜塔莎

“你该走了。”我告诉他。

“就这样吗？”他问道。

我很高兴他在犯浑，这样一来，事情会轻松些。“说来说去，你为我考虑过吗？娜塔莎心里是什么滋味？她怎么会是非法移民？她想去一个她一无所知的国家生活吗？飞来横祸是不是让她身心交瘁？”我说。

我从丹尼尔脸上望见了几分内疚。他朝我迈出一步，我却退后了一步。

他没有再动。

“你只不过是在等别人前来救你。你不想当医生？那就别当医生呗。”

“事情没有那么简单。”他轻声说。

我冲他眯起眼睛。“引用一下你五分钟前刚讲过的话好了。遇到这种局面，就该开口说实话：老爸老妈，我不想当个医生，我想成为诗人，因为我犯傻，脑子稀里糊涂。”

“你明白，事情没有那么容易。”他的声音比刚才还轻。

我拽了拽背包的包带。是时候走人了。我们不过是在拖延无可避免的分别。“你知道我讨厌什么吗？”我问道，“我真的讨厌死了诗篇。”

“哈，我一清二楚。”他说。

“闭嘴。我讨厌诗歌，但我读过一位名叫瓦尔桑·席瑞的诗人所写的诗作，他说你无法以人为家，你早该知道。”

我等待着丹尼尔纠正我，我甚至盼着丹尼尔反驳，可惜的是，他一声也没有吭。

“你哥说的没错。我们俩没有未来可言。再说，你并不爱我，丹尼尔，你只是想找个人前来救你。自己救自己吧。”

daniel

丹尼尔

本地少年坚信：他的人生逊毙了。

我多么希望她是对的。我多么希望自己并不爱她。

我望着她一步步走开，却没有拦住她，也没有追上她。我简直蠢到家了，活像个装神弄鬼、神神道道的呆瓜。事已至此还用说吗，什么命运、命中注定、天生一对都是鬼扯。

娜塔莎没有说错。人生不过是愚蠢的决定、优柔寡断和巧合，而我们选择将之赋予意义。今天学校食堂里你最爱的点心卖光了？必定是上苍在助你节食。

感谢上苍!

你错过了地铁?说不定那趟地铁会在隧道里爆炸，不然的话，某种致命的禽流感（水禽、鹅或者翼龙）的“零号病患”碰巧搭了那趟地铁——谢天谢地，你好歹没上那趟车。

感谢上苍!

只不过，人人都懒得多问一声命运究竟何去何从。学校食堂不过是忘了后堂还有一盘点心，而你反正也从死党那里讨了块蛋糕吃了。苦等另一趟地铁的时候，你气得七窍生烟，不过终究还是来了一趟车。你错过的那趟地铁上，并没有什么人死于非命，连个喷嚏也没有人打过。

我们告诉自己，世事皆有因。可惜的是，我们只是在哄自己。我们满嘴瞎话，世事并无任何意义。

fate

命运

简史

命运从来都是由神掌管，但是，即便是众神，也难免受制于命运。

古希腊神话中，一旦新生儿降临人世，“命运三女神”便会在其出生三夜之内织就此人的生命之线。想象一下这幕场景好了：凌晨2点至4点之间，正值专属于新生婴儿与垂死之人的时段，你那刚刚降生的宝宝躺在育儿室里，躺在黑洞洞、软绵绵又暖融融的房间里。

命运三女神之一——克洛索——悄然出现在了你的身旁。她化身为一名纤纤少女，手持一只纺锤，正将你家宝宝的生命线一段接一段地缠到纺锤上。

紧随在克洛索身边的是拉赫西斯。比克洛索年长和庄严，手里拿着一根用来丈量生命线的杆尺。新生儿的命运盛衰与寿命长短，便掌握在她的手中。

最后登场的是阿特洛波斯，一名形容枯槁的老妇人，无人幸免。她的手中拿着一把令人毛骨悚然的剪子，正是这把利剪，有朝一日会剪断新生儿的生命之线。新生儿何时离开人世，如何离开人世，便掌握在阿特洛波斯的手中。

想象一下那令人心惊的一幕吧：命运女神三姐妹齐刷刷现身，新生儿的摇篮在她们的眼皮底下，新生儿的未来在她们的一念之间。

时至今日，“命运女神三姐妹”早已消失在人们的集体意识里，但“命运”的概念并没有。我们为什么一如既往地相信“命运”？难道是因为相信我们自己无力回天，相信我们无法扭转命运，便能让悲剧可以接受？事情从来都是如此。

事出有因，娜塔莎的母亲如是说。照她的说法，尽管你有可能被蒙在鼓里，“命运”却并非无理可循的一团乱麻：“命运”自有定数——假如对此心中有数，你好歹算是松了一口气吧。

娜塔莎却是另一种人。她信奉的是“决定论”：有因才有果。人之行为决定命运。从这一点看来，娜塔莎倒跟丹尼尔的老爸颇有共通之处。

至于丹尼尔，他在两种说法之间游来荡去。或许，今天丹尼尔不是“命中注定”邂逅娜塔莎。或许，与娜塔莎的相遇终究只是一个偶然。

但是。

当他们相遇，相爱是难免的。

natasha

娜塔莎

我不会因为和丹尼尔吵架就放弃去博物馆。那是我在纽约最爱的去处之一，附近的建筑不如中城的参天大厦高，因此举目能够望见万里碧空，让人心旷神怡。

十分钟后，我已经到了博物馆里最令我心仪的展厅——陨石馆。大多数人会径直从陨石馆奔向隔壁的宝石展厅，毕竟宝石展厅里到处是闪闪发光的奇珍异石，但我偏偏喜欢陨石馆，喜欢它的幽幽不明，它的凉爽，它的闲适，喜欢它几乎总是空无一人。

陨石馆中遍布着竖直展柜，配有闪亮的聚光灯，陈列着一小块又一小块陨石，还有着诸如“太空之珍”“行星之旅”和“星系之源”之类的名字。

我径直向我最爱的陨石——“阿尼吉托”走去。实际上，“阿尼吉托”陨石只是“约克角”陨石的一块碎片，而整块“约克角”陨石比“阿尼吉托”要大得多。“阿尼吉托”是块铁陨石，重达34吨，在所有博物馆展出的陨石中位列首位。我登上“阿尼吉托”所在的展台，伸手轻抚着它。陨石表面给人一种冷冰冰的金属质感，有着千万个撞击留下的凹痕。我闭上眼睛，抚过陨石表面的坑坑洼洼。真让人难以置信，如此巨铁竟来自外太空。更让人难以置信的是，它竟包含着太阳系的起源之谜。眼前这间展厅堪比我心中的圣殿，伫立于这方展台堪比我心中的支柱，而轻抚这块陨石，则是我与神明最为贴近之时。

本来，我就打算带丹尼尔到这里来。本来，我还打算求丹尼尔写几首关于陨石和陨石坑的诗。我们的太阳系、我们的银河系、我们的宇宙，要历经何等沧海桑田才会顺利成形？其中又有多少环节，出一点儿差错结果都会完全不一样。

相比之下坠入爱河又算得了什么呢？不过是一个又一个小小的巧合，却被我们吹嘘成“大过天”，因为世人宁愿相信，即使在茫茫万里银河系中，我们微不足道的生命也自有其分量。可惜的是，与宇宙的形成相比，坠入爱河简直不值一提。

微不足道。

daniel

丹尼尔

对称

——丹尼尔·载浩·裴

我将

坚守我的

立场。你将

与我

对阵。

natasha

娜塔莎

我与父亲的关系曾经很亲密。当初在牙买加，甚至在我们一家搬到美国以后，我们都形影不离。大多数时候，家里似乎分成两派：老爸与我（空想族）对阵老妈与弟弟（实干族）。

他看板球赛的时候，我陪他一起。他为试镜练习台词的时候，我给他当听众。老爸声称：等到他成为有名的百老汇艺人，他会把那些适合童星的上佳角色一个不漏地揽下来给我。他夸口说起成名后我们家会过上什么样的日子。老妈和弟弟早已经把他的话当成了耳边风，我却还一心沉浸其中。

大约四年前，我十三岁时，家里变天了——我妈烦透了窝在一居室公寓里，毕竟，她在牙买加的朋友住的全是单体房子。她受够了老爸做同样的工作，拿同样的薪水。她也厌倦了他飞黄腾达的白日梦。不过，她没有跟老爸提半个字，她只跟我倒苦水。

你们已经长大了，不能睡在客厅里。你们需要自己的隐私。

我这辈子看来是别指望有个正正经经的厨房，有个正正经经的冰箱啦。他别再犯傻了。

紧接着，我爸就丢了工作。我不知道他是被裁员，还是被雇主炒了鱿鱼。老妈倒是提过一次，她觉得是我爸辞职不干了，不过她也没有什么真凭实据。

丢工作当天，我爸还声称："说不定是因祸得福呢，好让我更有时间追求演艺事业。"

不知道他是对谁说的，不过当时并没有人接话。

既然不用上班，他便口口声声说要去试镜。只不过，他几乎从来没有付诸行动。他总有这样那样的借口：

那个角色跟我不搭。

他们肯定不喜欢我的口音。

我的年纪越来越大喽，舞台是年轻人的天下。

老妈傍晚下班回家的时候，我爸对她宣称：他正绞尽脑汁地想办法呢。可惜的是，我和弟弟没那么好糊弄。

我还记得我们第一次亲眼见到戏剧勾走老爸魂魄的一幕。那天，我和彼得从学校回家，立刻发觉家里出了怪事：我家前门竟然是开着的。我爸在客厅（也就是我们姐弟的卧室），我说不清他有没有听见我们进门的动静，但他反正毫无反应。他的手里拿着一本书。后来我才悟到：那其实是一则剧本——《阳光下的葡萄干》。

当时，我爸身穿一件扣领白衬衣、一条休闲裤，嘴里背着台词。我不知道他为什么还要拿着剧本——他明明已经把那些台词背得滚瓜烂熟。时至今日，我依然记得那些台词中的一段独白。戏中角色声称，他望见未来就在眼前，可惜它只是一片逐渐逼近的空白。

等到我爸总算发觉我们姐弟就在一旁，他冲我们大发脾气。

刚开始，我以为他不过是难为情，没人愿意毫无防备地被看到。可惜后来我才意识到，事情不仅于此。他十分羞愧，不亚于被抓到偷情或偷东西。

自那以后，我跟父亲便不再形影不离了。他不再看板球赛，不再让我帮他背台词。父母的卧室中，属于我爸的“地盘”变得越来越乱，堆满了一摞摞泛黄的旧平装本——全是些著名的戏剧。他对剧中所有角色一清二楚，不管是主角，还是跑龙套的小角色。

最终他彻底放弃假装试镜和找工作。我妈也懒得再装了，不再装作我们一家总有一天会买房，也不再装作我们总有一天会搬出那套一居室的公寓。为了糊口，她加班干活。去年夏季，我没有跟过去一样到纽约卫理公会医院做义工，而是去了麦当劳店里打工。

算来已经三年多了：我们姐弟放学回家，却发现我爸把自己关在卧室里，孤零零一个人练台词。最得他欢心的是那些狗血的长篇独白。他是麦克白；他是沃尔特·李·扬格。对某些演艺人士，他大倒苦水，埋怨对方“没演技”；对顺眼的演艺人士，他则大夸特夸。

谁知道两个月前，一个角色凭空落到了他的头上。几年前，他在试镜时结识了某人，人家目前正在筹演一台《阳光下的葡萄干》。当他将好消息告诉我妈时，她劈头就问：“对方能付你多少酬劳？”

半句祝贺的话也没有讲。没说什么“我真为你骄傲”，没说什么“你演的是哪个角色啊”，没说什么“你是不是激动坏了”，她只问了一句——“对方能付你多少酬劳？”

问出这句话时，她用呆滞的双眼凝望着他，眼中透出不以为然的神情，透出疲惫的神情——毕竟，她刚刚连着加了两轮班嘛。

在我看来，我们一家四口全都吃了一惊，连她自己也吃了一惊。没错，她心里怨他已经好几年了，但那一刻将事情明明白白摆到了全家面前：此时此刻，他们俩已然形同陌路。就连凡事站在我妈一边的彼得，当时也忍不住打了个寒噤。

但话说回来，谁又能怪她呢？实在怪不到她头上吧。多年来，父亲活在自己的白日梦中；他活在一部又一部戏剧之中，而非活在现实世界。此刻他依然如此，母亲却再也没有时间做梦了。

我也没有。

samuel kingsley

塞缪尔·金斯利

悔恨史

第三部分

坦白讲，他有点怕娜塔莎。娜塔莎现在的兴趣——化学、物理，还有数学，一样样都是从哪里冒出来的？有些时候，当遥遥望见宝贝女儿在餐桌旁做功课，塞缪尔·金斯利只觉得女儿已经飞出了他的掌心。她的天地比他更加广阔，比他手把手为她培植的爱好更加广阔。塞缪尔说不清，女儿是在什么时候超越了自己。

一天晚上，娜塔莎和彼得上床睡觉后，塞缪尔去厨房取水喝。娜塔莎把数学课本和家庭作业忘在桌上了。塞缪尔不知道自己是中了什么邪，但他开了灯，坐下翻起了数学课本。它看上去仿佛象形文字，仿佛某个时代、某个民族遗留下来的古代语言，而他永远也无法理解。一念及此，他只觉得心惊胆战。他在桌边呆坐了好一会儿，伸手轻抚着课本上的符号，满心希望自己能像海绵一样，将世界上所有知识吸进去。

那夜之后，只要视线落在娜塔莎身上，他都隐隐感到有人不知不觉偷走了他的女儿。

但有些时候，他却依然能够从娜塔莎身上瞥见昔日宝贝女儿的影子。她对他露出某种神情，跟幼时一模一样——那是娜塔莎在向他索取，要他更加努力、付出更多、爱得更深。他恨透了那副表情；有些时候，他也对女儿心怀怨气。难道他付出的还不够？娜塔莎是他的长女，为了她，他已经放弃了所有梦想。

daniel

丹尼尔

我不知道该如何是好。我本该随风而行，但此刻风势已停。要不干脆来一套流浪汉行头，身上挂块广告牌，写上“**现在怎么办，宇宙？**”。但话说回来，现在是认清现实的好时机——宇宙根本没在注意我们。

毫不夸张地说，我们所有人、所有事。

宇宙是个混蛋，跟查理一副德行。

查理。

那个人渣。

查理，他竟然告诉我的准女友我俩是不可能的。他竟然控诉我的准女友从店里偷东西。他竟然告诉我的准女友我的“老二”尺寸堪忧。查理，我想抽他那张脸已经十一年了。

或许，这才是我的动力——对查理的恨。

机不可失，时不再来。

反正，今天我已跌到了谷底。

natasha

娜塔莎

与上次见她时相比，律师助理的妆容衣着略显凌乱：她的一缕秀发散落下来，从眼前拂过，双眸在荧光灯下闪闪发光，鲜红的唇妆不见了踪影。看上去，她像是跟人接过吻。

我查了查手机，以确保自己没来早也没来晚，准时准点。

“欢迎再度光临，金斯利女士。请随我来吧。”

她站起身，迈开脚步。“杰瑞米，我是说菲茨杰拉德先生……我的意思是，菲茨杰拉德律师……见他请这边走。”

她轻轻敲响了唯一的一扇门，等待着，双眸比刚才更加熠熠生辉。

门开了。

我就跟不存在一样，因为菲茨杰拉德律师的眼里根本没有我。他望着律师助理小姐的眼神让我恨不得开口道歉。律师助理用同样的眼神回望菲茨杰拉德。

我高声清了清嗓子。

菲茨杰拉德律师终于从助理小姐身上挪开了目光。“谢谢你，温特女士。”他说，好像在示爱一样。

我跟在律师身后。他在办公桌前落了座，伸手揉了揉太阳穴。他的眉毛上方贴了块小小的创可贴，手腕上也贴了一块。与网页上的律师照片相比，他本人看上去年纪更大一些，因工作的繁忙也更加憔悴。也有两点跟照片吻合：他是白人，有着翠绿色的双眸。

“坐，坐，快坐吧。”他一口气说了好几个“坐”，“抱歉耽误了点时间。今天早上我出了点意外，不过我们时间不多了，所以请告诉我，事情究竟是怎么走到这步的。”

我不知道该从哪里说起。我该把事情从头到尾告诉面前这位律师吗？哪些该讲，哪些不该讲？我觉得，恐怕要从很早之前讲起，才能把事情讲清楚。

我是否该告诉律师，父亲有个夭折的梦想？我是否该告诉律师，梦想是不会真正消失的？我是否该告诉律师，父亲想象中的人生远比现实生活美好得多？在那重人生之中，他享有盛誉，受人推崇，儿女引为榜样，太太穿金戴银，惹得男男女女个个都很眼红。

我宁可活在那个世界。

我不知道该从何说起，于是，我挑了父亲毁掉全家人生活的那天晚上讲起。

natasha kingsley

娜塔莎·金斯利

为人子女史

剧场比彼得和我预料中还小，标牌上写着：全场满座40人。门票每张十五美元，售出的门票将用于支付周三晚上两个小时的场地租赁费用。演员们并没有收到可以送给亲朋好友的赠票，因此父亲不得不给我们买了三张。

我父亲深爱各种排场，可惜的是，这样的场合并不多。眼下他有了这出戏、这些票，他简直管不住自己了。首先，他出门给全家买了中餐外卖——左公鸡配上虾炒饭。

他拉着全家人在厨房那张丁点小的餐桌旁坐下。我们家一日三餐从不用这张餐桌，因为桌边只要坐上两个人，就已经挤得不得了。但那天晚上，父亲非要全家人一起吃，甚至亲自动手为我们端菜，这可是从未发生过的。他还跟母亲吹嘘："瞧见了没？我准备了纸盘子，待会你就省事了，不用洗一大堆碗碟。"他用无可挑剔的美式口音说道。

母亲没有答话——当时，我们本该从中看出几分端倪。

全家一吃完，父亲“嗖”地站起身，将一只白色信封高举到空中，仿佛高举的是一只奖杯。

“瞧瞧我们的甜点吧。”他说。他抬起眼神，轮流跟我们对视，我眼睁睁望着母亲将目光从他身上挪开，紧接着，父亲的目光落到了彼得身上，又落到了我身上。

“我的家人们，请大家务必赏脸光临，来欣赏我在‘乡村剧团’的《太阳下的葡萄干》中出演沃尔特·李·扬格一角。”

他慢吞吞地打开信封，恰似在奥斯卡金像奖颁奖典礼上宣布最佳男主角得主。他取出戏票，递给我们每人一张，看上去十分自豪。更重要的是，他活在当下。有那么几分钟，他并没有迷失在自己的脑海中，没有迷失在戏剧中，没有迷失在梦境中。他就在眼前，跟全家人在一起，而他并不打算逃离。我已经忘记这种感觉了，昔日的父亲有种眼神，能让人感觉他的眼里只有你。

父亲曾视我为他的全世界，我从心底里怀念那段时光。不仅如此，我也怀念自己无比崇拜父亲的时光，他的一切都无可置疑。我曾经笃信，只要有了我们，他便会幸福。有张旧照里，三岁的我还身穿一件写着“老爸最酷”的T恤。T恤上印着一只企鹅爸爸和一只企鹅宝宝，手牵着手，被一颗颗冰蓝色心形拥在中间。

我真希望一切都没有改变。慢慢长大并且看透父母的缺点像是丧失信仰。我不再信上帝了，我也不再信我的父亲。

父亲将票递给母亲，母亲却从牙缝间啧了一声——她还不如扇他一耳光呢。“你别傻了。”她说着站了起来，“戏票你自己留着吧，我哪儿也不去。”

她迈步出了厨房。我们听见她走了二十步走到洗手间，

“砰”地狠狠关上了门。我们三人都不知道该说些什么。彼得瘫在椅子上，耷拉下了脑袋，好让一头脏辫遮住自己的脸。我呆呆望着母亲刚才坐的座位。父亲的眼神则又躲到了茫然的面纱后。他又开始逃避现实：“别担心你妈，她不是当真的。”

可惜的是，她很当真。母亲没有跟我们一起去，就连彼得也没有办法劝动她。她声称，花钱买票简直是浪费她辛辛苦苦挣来的钱。

演出当天晚上，我与彼得一起搭地铁去了剧场。父亲已经去做准备了。我们姐弟坐在第一排，根本没有提起紧挨我们的那个空荡荡的座位。

真希望我能开口宣称，当天父亲演得很蹩脚。真希望我能开口宣称，他的演技不过平平——要是“演技平平”，便可以解释他多年来为什么会屡屡碰壁；要是“演技平平”，便可以解释他为什么会破罐子破摔，干脆从现实生活缩进了自己脑海中的一方天地。我说不好，自己眼中的父亲是否便是真正的他。或许，我依然没有摘下昔日那副有色眼镜，依然将他视若神明，但我看见的是：

他才华横溢。他星光四射。他的位置不在家里，他是属于舞台的。

daniel

丹尼尔

本地少年以为自己已跌到谷底，谁知却大错特错。

我踏进店门时，老爸正在招呼顾客。从他的眼神中，我看出稍后他有一肚子话要对我说。

要不，我再添把火吧。

午餐高峰期刚过，因此店里空荡荡的。除了老爸正招呼着的那位，店里还有一名客人，是个正在打量吹风机的女子。

没有见到查理在打扫货架或摆货：他必定在店后的库房里偷懒。

我甚至都不感到紧张。只要我先把想说的话都说出口，就算查理把我的脸给揍扁，我也不介意。我把夹克扔在库房门外，拧了拧门把手——库房门竟然上了锁。如果查理人在库房，没道理锁门吧；他说不定是躲在屋里“打飞机”呢。

我还没有来得及敲门，查理已经先开了门。他的脸上少了平常的假笑，换上了一副厌倦防备的神情。他肯定以为门外的来客是老爸。

一眼望见门外只有我一个人，查理立即换上了居高临下神情。他大张旗鼓地朝我身后和我的周围扫视了一圈。

“你的女朋友上哪里去了？”他说“女朋友”好像这是个笑话一样，就好像说了“鼻屎”。

我伫立原地望着查理，满心想的是我们怎么就偏偏成了兄弟，而并非我们是一对什么样的兄弟。他从我身边挤过去，故意撞了下我的肩膀。

“她这么快就把你甩了?”查理一边说，一边飞快地朝货架瞥了瞥，确保娜塔莎确实不在。他脸上欠揍的笑意越来越浓。

他在激怒我，我明白。我心里明白，可惜的是，我像是条无数次上钩的蠢鱼，还没明白那个鱼钩是真正的敌人。

“去你的吧，查理。”我说。

一句话让查理猝不及防。他收起了笑容，定定看着我。我的领带和夹克已经不见踪影，衬衫不再掖进长裤。我看上去并不像即将奔赴“一生中最重要的面试”，倒像个想打架的人。

查理鼓起腮帮，活像一只河豚：他比我大两岁，身材比我高两英寸呢，他一向十分引以为豪。眼下只有他和我两个人，他的胆子大起来了。

“你、究、竟、想、干、吗、小、弟?”他一字一顿地问。他朝我迈近几步，干脆跟我比肩而立，把脸凑到了我的面前。

他料定我会服软。

我才不肯服软。

“我想问你一个问题。”我说。

查理的脸往后缩了一些。“没问题，我答应跟她上床。”他说，“她想要的是我，不是你？”

上钩的鱼有个特点：鱼越挣扎，鱼钩扎得越深；鱼钩扎得越深，鱼失血越多。你挣不脱，你只能忍。换种说法：鱼钩会穿肠而过，痛得要命。

“你怎么成了这副德行？”我问查理。

就算我的话吓了他一跳，他也没有表露出来。跟平时一样，他又犯浑了。“什么德行？比你块头大，比你身材高，比你聪明，比你优秀？”查理说。

“不。你为什么像个混蛋一样对我？我怎么惹到你了？”

这一次，查理没能藏住满脸讶色。他抽开身，甚至后退了一步。

“随便吧。这就是你来找我的原因？抱怨我对你不好？”他上下打量我，“你看上去一团糟。今天你不是要准备‘第二阶梯大学’的面试吗？”

“我才不在乎呢。我根本不想去。”我的声音很轻，但说出口的感觉依然十分畅快。

“大、声、点、小、弟，我、听、不、见、你、说、话。”查理说道。

“我根本不想去。”我提高了音量，紧接着却发觉老爸刚刚离开了收银台，正在离我很近的地方，足以听见我的回答。他正待开口，但门铃响了起来，他又转身走开了。

我朝查理转过身。“我实在想不通，已经想不通好几年了。可能小时候我做过什么事然后忘记了。”

查理不屑地哼了一声。“你能对我做什么？你还不够格。”

“只是因为你是个人渣？天生如此？”我问道。

“天生比你强，比你聪明，比你优秀。”

“如果你真这么聪明，那你现在回家待着是怎么回事，查理？难道你真是小池塘里的大鱼？到了哈佛的大池塘，你就只是一条屁大的小鱼？”

查理捏紧了拳头。“嘴巴给我放干净点。”

看来，我没有猜错。猜得准极了。

“我说对了，没错吧？你在哈佛可不是最好的。其实吧，在这个家，你也不是最好的。屈居老二的滋味好受吗？”我说。

我竟摇身变成了给鱼下钩的人。查理的脸涨得通红，又气呼呼地鼓起了腮帮。他径直凑到了我面前。假如他把下颚咬得再紧一点会把牙齿给咬碎。

“你想知道我为什么反感你？因为你跟他们一模一样。”查理说着抬起下巴，示意老爸，“你，你喜欢的韩国菜，你交的韩国朋友，你学的韩语。简直可悲至极。难道你还不明白吗，小弟？你跟其他人一模一样。”

等一下。什么？

“你恨我，是因为我有韩国朋友？”我说。

“韩国是你仅有的一切。”查理恶狠狠地说，“我们俩根本不是那个国家的人。”

我明白他的意思。我真的明白。有些时候，活在美国颇为艰辛；有些时候，我觉得自己身在半空，困在月亮与地球之间。

我的一肚子气突然消了，我只为查理感到难过。只可惜，对查理来说，我的同情无异于最伤人的利器。他看出了我脸上的怜悯，不禁火冒三丈，一把攥住了我的衣领。

“去你的。你以为你留了一头长发，又迷上了什么诗歌，别人就会对你另眼相看吗？你以为你带了个黑妞回来——我应该说‘美籍非裔’小妞是吗？还是……”

但我没有让他讲完整句话。我本以为还得狠下心才能挥出拳头，但其实没有必要。

我猛地一拳揍在他脸上。

我的拳头正中查理的眼眶，因此挨揍之处几乎全是骨头。鉴于挥出拳头的人是我自己，我感到比他还痛这也太没道理了。查理跌跌撞撞地后退了几步，却并没有像电影角色一样“咚”一声栽倒地上。

坦率地说，结果有点令人失落。尽管如此，比起我手上“必定骨折无疑”的剧痛，查理脸上流露的表情却依然值回票价。他百分百挨了教训。我的意思是：我给查理带来了肉体上的痛苦，而这正合我的本意。我想让查理明白，我，他的小弟，也能大打出手，而不只是一味吃瘪。这一下，他总算明白我可以给他点颜色瞧瞧，明白我受够他的鬼扯了吧。

可惜的是，我给的教训显然不够狠。我眼睁睁望着查理的表情从痛苦变成惊讶，又变成了暴怒。他那高我两英寸、重我二十多磅肌肉的身体猛地向我扑了过来。

首先，他一拳击中了我的肚子。我发誓，他的拳头仿佛洞穿了我的腹部，又穿过我的脊椎冒出了头。我不禁弯下了腰，一心盘算着就此伏下不动，可惜查理不肯答应。他又攥住我的衣领把我拎起来，我竭力用手挡住面孔，因为我心里清楚他会揍脸，可惜肚子上刚挨的那拳害得我行动迟缓。

查理的拳头重重地落在了我的嘴边。我的嘴唇内侧撞到牙上擦破了，外侧也破了，那混蛋揍我的时候还戴着一只硕大的秘密社团戒指。只怕要留下一块疤了（说不定一辈子也消不了）。

这时查理还攥着我的衣领，准备再来一记，我已在恭候他的重拳。我伸出双手挡住面孔，抬起膝盖直顶他的要害——力气不小，但不至于妨碍他未来制造小恶魔的地步。

我就是那么好。

查理躺在地上，咬紧了他那富有家族特色的牙关——他恨死了这个韩国血统，我也咬紧了牙关，一心琢磨着自己的一口牙是不是全保住了。正在这时，老爸走到了我们身旁。

他用韩语问："到底出了什么事？"

natasha

娜塔莎

菲茨杰拉德律师双手合十，双眼紧盯着我，身体在椅子上微微前倾。我看不出来他是在倾听，还是看上去一副认真倾听的架势。

多年来，类似戏码他已经见识过多少次？菲茨杰拉德律师竟然拖到现在尚未开口命我“讲重点”，已经让我暗自惊叹了。我把惹祸当晚发生的一切都告诉了他：

演员们鞠了三次躬。如果不是观众纷纷作鸟兽散，他们恐怕会鞠第四个躬。

散场后，我和彼得待在座位上，等待父亲回来接我们。我们足足等了三十分钟，父亲才现身。依我说，他当时露面，并不是因为他知道我们姐弟在等。他穿过厚重的红色幕布，走到舞台中央，兀自伫立了一分钟，凝望着空荡荡的剧场。

我不信灵魂，但当时父亲的面孔赤裸裸地昭示着他的灵魂。我从未见过他如此快乐。我确信，他将再也不会像那一刻那么快乐了。

是彼得惊醒了父亲的美梦，因为我实在不忍心。

“可以走了吗，老爸？”彼得喊道。

父亲垂下眼，用茫然的目光俯视着我们。每当他对我们抛来这样的眼神，我不确定不在场的是他还是我们。

彼得闹起了别扭——每当父亲用茫然的目光凝望我们，彼得就会闹别扭。“老爸？可以走了吗？”他又说。

父亲终于开了口，没有带半点牙买加口音，没有用一个牙买加词。听上去，他活脱脱是个陌生人。

“你们姐弟先走吧，待会儿见。”

在律师事务所，我将故事结局匆匆带过：当天晚上，父亲与他刚结识的演员朋友们一起喝了一夜酒。他喝过了头。回家路上，他的车撞上了一辆泊着的警车，醉醺醺的父亲将我们一家非法待在美国的事告诉了警方。依我猜，当时他对着警员上演了好一段独白。他告诉警方，我们是非法移民，美国从未给过他公平的机会。警察逮捕了他，又打了个电话给美国移民及海关执法局。

菲茨杰拉德律师紧锁起了眉头。“可你父亲为什么要这么做？”他问道。

这个问题，我也知道答案。

samuel kingsley

塞缪尔· 金斯利

为人之父史

登场角色

帕特丽夏 · 金斯利，43 岁

塞缪尔 · 金斯利，45 岁

第二幕

第三场

内景 卧室。一张带床头板的大床孤零零雄踞屋中，引人注目。屋内或许可再放置一两个相框。以床为界，归塞缪尔所有的“地盘”上，书籍在地板上堆得到处都是。舞台右侧可见通往走廊的出口，塞缪尔夫妇正值妙龄的女儿正竖着耳朵偷听。塞缪尔和帕特丽夏并未察觉。不过，很难说他们是否介意女儿偷听。

帕特丽夏：哦，上帝啊，金斯利。

她坐在床边，双手捂脸，话音听上去瓮声瓮气。

塞缪尔：咳，有什么大不了，我们会请个厉害律师嘛。

塞缪尔·金斯利伫立在卧室属于他的那一侧"地盘"上。他弓着腰，面孔笼罩在阴影中。聚光灯照在他左手握着的一张纸上。

帕特丽夏：我们怎么请得起律师，金斯利？

塞缪尔：天呐，帕特。我们会搞定的。

帕特丽夏拿开捂住面孔的手，凝望她的丈夫，仿佛是第一次见到他。

帕特丽夏：你还记得我们初遇的那天吗？

塞缪尔慢吞吞地揉着手中的纸。他重复该动作直到终场。

帕特丽夏：你不记得了吗，金斯利，那天你一脚踏进商店，之后每天都到店，一天接着一天？真是太有意思了。你今天买东西，明天来退货，直到我举手投降。

塞缪尔：什么"举手投降"，明明是"追求"。

帕特丽夏：金斯利，你还记得你向我许下的承诺吗？

塞缪尔：帕特……

帕特丽夏：你说，我的一切梦想都会成真，我们会有儿女、钞票和大房子。你说，我的幸福比你的幸福更重要。金斯利，你还记得吗？

她从床上起身，聚光灯随之而行。

塞缪尔：帕特……

帕特丽夏：告诉你吧，刚交往的时候，我并不相信你的话。但过了一段时间，我就改变了主意。你的演技高超，金斯利，因为你终究让我信了你的甜言蜜语。

塞缪尔手中的纸已经被狠狠地揉成了一团。聚光灯照上他的面孔，他直起了腰。他怒气冲冲。

塞缪尔：你知道我听腻了什么鬼话吗？听腻了你口口声声说什么你的梦想。那我的梦想呢？如果不是因为你，不是因为两个孩子，我想要的一切恐怕早到手了。你竟然还倒苦水，抱怨没大房子，没厨房，没多余的卧室。可是我呢？我想要的一样也没到手，我的才华无处施展。

我真后悔那天一脚踏进了那家店。如果没有你，没有两个孩子，我的日子会好过很多。我会做上帝让我做的事。我不想再听到你提半句你的梦想。跟我的梦想相比，那算个屁。

natasha

娜塔莎

不过，我没有告诉菲茨杰拉德律师：我父亲心中最大的遗憾是有了妻子和孩子，因为我们三人挡住了他的梦想之路。

相反，我开口说："他被捕几个星期后，我们收到了一封来自国土安全部的出庭通知。"

律师的目光越过我刚才填写的一份表格，落到助理小姐身上，又从办公桌抽屉里取出一本黄色拍纸簿。

"接着你们就'出庭'了，当时请律师了吗？"菲茨杰拉德律师问。

"当时去的只有我父母，"我告诉他，"他们没有雇律师。"母亲和我反复讨论过：我们该请个根本雇不起的律师，还是等等看法庭上到底会发生什么？我们上网查到，其实律师在首次出庭时派不上多大用场。再说，当时父亲坚信这场大祸会奇迹般地消弭于无形。我说不好；或许，我们一家都恨不得相信他的话。

菲茨杰拉德律师一边摇头，一边在拍纸簿上记了几笔。"也就是说，法官在听证会上告诉你父母，要么可以'自愿离境'，要么可以申请‘终止遣返’。”他低头审视着我填好的表格，“你弟弟是美国公民？”

“是的。”我望着律师又记下了一笔。我们搬到美国差不多九个月的时候，彼得踩着时间点出生了。当时，我父母还算是一对恩爱夫妻。

听证会上，我父亲拒不同意“自愿离境”。当晚，我和母亲就“终止遣返”做了一番功课。我父亲必须在美国居住十年以上，道德品行良好，并能证明如果他被遣返，将对其具有美国公民身份的配偶、父母或子女造成极大的困境，才满足“终止遣返”申请的条件。我们认定，彼得的美国公民身份正是家里的救命稻草，于是我们雇了能找到的最便宜的律师，利用新策略参加了听证会。结果我们发现，要证明“极大的困境”是极为困难的。返回牙买加不会对彼得造成人身威胁，至于小孩被赶出家园而造成的心理创伤，则根本没有人在乎，连彼得自己也不在乎。

“所以法官驳回了你们的上诉，你父亲也接受了‘自愿离境’。”菲茨杰拉德律师直截了当地说，仿佛此案必将走到这一步。

我点点头，却没有答话。假如开口讲话，我说不准自己能否忍住不哭出声：毕竟，之前抱有的些许希望已经一点点化成了泡影。

当初我曾经坚称，我们应该对法官的裁决提出上诉，但我们的律师并不赞同。她声称，我们家没什么机会，我们别无选择。她建议我们自愿离美，以免留下被驱逐出境的记录。那样的话，有朝一日，我们还有机会再度回到美国。

菲茨杰拉德律师搁下笔，在椅子上往后一仰。“今天你为什么会去公民及移民服务局？这种事根本不归他们管。”

我不得不先把已经涌上喉头的泪水咽下肚，才能开口讲话。“我不知道还能怎么办。”我说。事实上，尽管并不相信奇迹，我却暗自盼望遭遇奇迹。

菲茨杰拉德律师沉默了好一会儿。

我终于忍不住了。“没关系，”我说，“我知道我别无选择，我都说不清自己干吗还非要多事，来找你一趟。”

我正要起身，他摆摆手让我坐下。他再次双手合十，环视着办公室。我追随着他的目光，眼神落在律师右侧墙边那些尚未打开的箱子上。在他身后，一架折叠梯倚靠着一具空荡荡的书架。

“我们刚刚搬进来，”他说，“施工队早在几星期前就该收工了，不过你也知道，计划赶不上变化。”他微微一笑，摸了摸额头上的创可贴。

“你没事吧，菲茨杰拉德先生？”

“我没事。”他边说边抓了抓胶布。

他从办公桌上拿起一张相框照，凝神审视。“到目前为止，这是我从行李里拆包取出来的唯一一件东西。”他把照片翻了个面，好让我看见。是律师本人、律师太太和两个孩子的合影。一家人看上去很开心。

我礼貌地报以一笑。

律师将全家福放回原位，目光又落回我身上。“你永远不会别无选择，金斯利女士。”他说。

我愣了一秒钟，才意识到律师又谈起了我的案子。我在座位上朝前探身。“你的意思是，你搞得定？”

“我可是纽约最出色的移民律师之一。”他说。

“但是又能怎么办？”我问道。我将手放到律师的办公桌上，十指紧摁住木桌。

“我先去拜访一下某位法官朋友。他有权撤销‘自愿离境’令，那样一来，至少你们一家无须今晚就离开美国。之后，我们可以再向移民上诉委员会提出上诉。”

他看了看表。“给我几个小时吧。”

我想开口问问详细情况，毕竟细节让我觉得安心。正在这时，我的脑海中闪过了那句诗——希望，它长有羽翼。于是，我又闭上了嘴。算来是今天第二次了吧，我竟然不再纠结于细节。或许，我并不需要细节。放手让他人暂时挑起重担，实在再妙不过。

希望，它长有羽翼。我感到，它正在我的胸中振翅。

daniel

丹尼尔

老爸将我从头到脚审视了一遍，我顿觉自己变回了我在他心目中一贯的形象——一个不成器的浪子。无论查理做了什么，对老爸来说，我永远都是第二。至于此刻，我的模样必定比进店时更惨些：刚才查理正好攥住我的衬衫领扣，纽扣已经不见了踪影；裂开的嘴唇滴下了一滴血，染红了衬衣。我浑身冒汗，湿漉漉的头发粘在了面颊上——真是耶鲁不可错过的精英人才。

老爸先对我发话："去弄点冰敷一下你的嘴唇，然后再过来。"

紧接着，他又对查理发话："你动手揍了你弟？你从美国就学到这身本事？跟家里人动手？"

我差点想要留下听听老爸如何发威，可惜我肿起来的嘴唇肿得更厉害了。我到里屋取出一罐可乐，紧贴在嘴唇上。

这间里屋一向不讨我的欢心：屋子太小，一年四季都堆满半敞着的产品包装盒。屋里没有椅子，因此我一屁股坐到地上，背抵着门，以免有人闯入。面对自己的人生，我需要五分钟做准备。

我的嘴唇也伴随着心跳一起抽动着，不知道需不需要缝针。我又把可乐罐捂紧了些，只等自己感觉（或者感觉不到）麻木。

这就是听从命运指引的下场：挨揍，没有女朋友，没有未来。刚才我为什么要推迟面试？更衰的是，我怎么能眼睁睁看着娜塔莎离开？

或许她没有说错——我不过是在寻找救星。我期待着借他人之手，改变自己既定的人生，因为我自己无法办到。我期待着被“爱情”“天生一对”和“命运”征服，因为这样一来，我的前程未来就不由我自己掌舵——跟我父母唱对台戏的就不是我，而是命运。

可乐罐确有奇效。我的嘴唇已经没有任何感觉。幸好娜塔莎不在身旁，毕竟现在接吻是根本没戏了，至少今天没戏。至于跟娜塔莎的恋情，它没有明天。

再说，她也不会再让我吻她了。

房门另一侧，老爸发话叫我出屋。我把可乐罐塞回冰箱，又把衬衣塞进了长裤。

我打开房门，见到老爸独自一个人站在门外。他朝我凑过来。“我有个问题要问你，”他说，“你为什么觉得，你想要什么很重要？”

从他问话的态度来看，他似乎真的颇为不解：你这小子嘴里念叨的所谓“渴望”，所谓“希冀”，究竟是什么玩意？他不明白：所谓“渴望”与“希冀”，到底有什么要紧？

“谁在乎你‘想要’什么？世上唯一重要的，是什么对你‘好’。你妈和我，我们一心只为你‘好’。你要念书，要当个医生，要出人头地。到那时候，你就再也用不着在这种小店里打工。到那时候，你会功成名就，想要什么就有什么。你会遇上个好姑娘，生儿育女，实现‘美国梦’。那你为什么要为了一时半会想要的东西，毁了自己的未来呢？”

父亲从未对我讲过如此长篇大论，他看上去甚至并不像他嘴里所说那样一肚子气。听他说话的口吻，仿佛在教我基本常识——一加一等于二，儿子。

自从他给母亲置办好油画颜料，我便一直盼着跟他好好聊一聊，正如现在。我想知道他为什么希望我们达成他想要的？这一点为什么对他如此重要？我想问问他，在他眼里，假如当初母亲并未搁下画笔，她的日子是否会更加幸福。我想知道，他是否因为母亲为他和我们兄弟放弃画画而难过。

或许，此时此刻，父亲与我之间的这一刻，才是今天的意义所在。或许，我能自此开始理解父亲；或许，父亲能自此开始理解我。

“爸……”我刚开口，他却抬起一只手示意我噤声，将手举在空中。气氛剑拔弩张，一触即发。父亲凝望着我，眼神却越过了我，透过了我，落到了另一个时空。

“不，”父亲说，“你让我说完。也许，是我让你们兄弟俩的日子过得太舒服了。也许，该怪的人是我。你们不了解自己的历史，你们不了解‘穷’能把人逼成什么样。我没有告诉你们，因为我以为还是不提的好，还是不知道的好。也许，我错了。”

只有一步之遥。只差一步，我就要理解他了。只差一步，我们就要互相理解了。

我要告诉父亲，他眼中的“好”，我并不想要。我要告诉父亲，其实无论如何，我都会没事的。

“爸……”我又开口说话，但他再次抬起了手，我则再次闭上了嘴。他深知我要讲些什么，他并不想听。

那些他记忆中的往事，那些我将永远无从得知的往事，造就了我的父亲。

“别说了。你要是不去耶鲁学医，那就自己找工打，自己付大学学费。”他说。

他迈步向店前走去。

不得不说，这样摊牌还是第一回：未来和没有未来。

我的西装外套还皱巴巴地扔在门旁。我一把拎起外套穿上，翻领差不多能将血迹遮住。

我环视四周寻找查理，但根本没有发现他的踪影。

我走到门口。老爸待在收银机后面，眼神空洞地发着愣。我正要走出店门，他却又开口说了一句，一句他一直只待出口的话。

“我看见你瞧那姑娘的眼神了，”他说，“不过，绝对不行。”

“我觉得，你错了。”我说。

“你怎么想并不重要，重要的是做正确的事。”他说。

我们父子目光相接，都没有挪开眼神。正因为双方都没有挪开眼神，我才恍然悟到：原来，他对我接下来要出什么招心里没底。

我自己也一样。

dae hyun bae

裴大贤

一个父亲的历史

裴大贤将收银机关了又开，开了又关。或许，两个儿子变成今天这副德行，真的是自己的错。关于自己的过往，大贤半句也没有跟儿子们提过——因为他是一个爱子至深的父亲，因为这便是他保护爱子的方式。在大贤眼中，穷是一种传染病，而他并不希望有人在两个儿子耳朵边上提起，免得儿子也染上穷病。

他打开收银机，将大面额钞票收进钱袋。在查理与丹尼尔眼中，钞票与幸福并无关联，他们不懂穷。他们不懂，穷是一把利刃，一刀刀剥皮剔骨。他们不懂，穷会害人的身心沦落到何等境地。

十三岁时，少年大贤还住在韩国，大贤的父亲开始着手栽培他，准备让他接管家里不景气的捕蟹生意。捕蟹获利极为微薄，每个捕蟹季都是生存的挣扎，每个捕蟹季他们一家又都挺了过来，可惜仅仅只能糊口。童年的大部分时间里，在大贤看来，自己毫无疑问终将接过父辈的衣钵，继续捕蟹。家中三个儿子，谁让大贤是长子呢。那是他的归宿，家庭即命运。

大贤依然记得在自己心中燃起叛逆之火的那天。那天大贤的父亲第一次带他上了渔船。大贤恨死了捕蟹。一只只螃蟹被困在冷冰冰的网眼金属蟹笼中，汇成一截怒火万丈、翻腾不息的绝望之柱。螃蟹苦苦挣扎，奋力从同类中拨开一条路，爬至最高处，逃出生天。

即使到了今日，初次捕蟹的记忆依旧会在意想不到的时刻冷不丁浮现。大贤无比希望自己能将它忘到脑后。他原以为，来到美国会抹去那段记忆，可惜它总是阴魂不散。记忆中的螃蟹永不放弃，它们至死挣扎，不惜一切想要逃离。

natasha

娜塔莎

我不知道现在心里该是什么滋味。我不敢相信发生的一切，或许，我只是没有足够的时间去消化。

我查了查手机，贝芙终于发来了短信：她好爱、好爱、爱死了加州大学伯克利分校。她说，她觉得自己命中注定要念那所大学。此外，加州男生与纽约男生的帅不一样。最后一条短信则问我情况怎样，附了一串心碎表情。我决定打个电话给贝芙，告诉她菲茨杰拉德律师的话，但她没有接。

"给我打电话。"我又发了条短信。

我穿过旋转门来到中庭，停下脚步。喷泉旁的长椅上有几个人正在午餐，身着西装的人三三两两、大步流星地从楼里进出，一排黑色林肯"城市"汽车停在路边，司机们抽着烟、聊着天。

同一片天空下为什么会发生完全不同的事？为什么这些人过着自己生活，对我遭遇的一切毫无察觉？有些时候，你的世界天翻地覆，难以想象除你之外竟无人察觉——刚刚收到驱逐令时，我的感受便是如此。发现罗博劈腿时，我的感受也是如此。

我又取出手机查了查罗博的号码，才想起自己已经删掉了。

不过，我对数字过目不忘，于是照着记忆中的号码拨通了。可惜直到对方接起来，我也没有想通自己为什么要打这个电话。

“嗨——小娜。”他拖长了声音，连假装惊讶的礼貌都没有。

“我的名字不叫‘小娜’。”我说。罗博的电话倒是通了，我却不确定自己想跟他聊天。

“今天你和你新男友真是不厚道。”跟往常一样，罗博的声音低沉而慵懒，慢慢悠悠。这嗓音一度让我神魂颠倒，现在听来却无聊而又烦人——真是有趣至极。我们以为自己所要的是和我们爱的人永远在一起，但或许恰恰相反，我们所需的不过是一段有期限的时间。这样一来，对方在我们眼中才不会索然无味。或许，我们并不需要第二幕、第三幕。或许，在开场第一幕，爱情才最熠熠生辉。

我没有搭理罗博，也没有搭理自己回嘴的冲动——明明顺手牵羊的人是罗博，“不厚道”的应该是他。“我有个问题。”我说。

“问吧。”他说。

“你为什么劈腿？”我问。

电话另一头有什么东西“啪”地掉在了地上，罗博结结巴巴地开了三次头，说出三个不同版本的答案。

“不要慌，”我说，“我打电话不是来跟你吵架，我也百分百不想跟你复合。我只是想知道，当初你为什么不干脆跟我分手？为什么劈腿？”

“我不知道。”不过区区几个字，他居然也能结巴起来。

“别糊弄我，”我催促，“一定有理由。”

罗博闭了嘴，沉吟起来。“我真的不知道。”

我一声不吭。

“你很棒，”他说，“凯莉也很棒。我既不想伤害你的感情，也不想伤害她的感情。”他听上去很真诚，我不知道该怎么办了。

“不过你肯定更喜欢她，所以才会劈腿，对不对？”

“没有啊，我只是两个都想要。”

“就这么简单？”我问道，“你只是不想二选一？”

“就这么简单。”听罗博的口吻，仿佛这一点已经足够。

答案太无趣了，完全无法安慰我，以至于我差点挂断。丹尼尔永远不会这么想，他那颗心便会精挑细选。

“再问一个问题。你相信真爱之类的说法吗？”

“不信。你又不是才认识我一两天，不至于问这种问题吧，你自己明明也不信。”罗博提醒我。

是吗？“好吧，谢谢。”我正要挂断，罗博却叫住了我。

“至少让我道歉吧？”他问道。

“好啊。”

“抱歉。”

“行啦，”我说，“不要再劈腿了。”

“我不会了。”他说。依我看，说这句话时，他倒是真心实意。

该给爸妈打个电话，把菲茨杰拉德律师的事跟他们通个气。但此时此刻，我想通话的对象却并非父母。丹尼尔。我必须找到他，告诉他。

罗博说，我不信真爱。他没有说错，我确实不信。

但我也许想要相信。

daniel

丹尼尔

我迈步出了店门。隔壁典当行前方的牛奶箱上伫立着一位小提琴手，她苍白消瘦，窘迫得很有诗意，活脱脱像是《大卫·科波菲尔》中走出的人物。与主人不一样，那把小提琴倒是一尘不染。我竖起耳朵听了几秒钟，可惜分不清她拉得好不好。我明白，有一种客观的方法去衡量这件事，她拉琴音准不准，调对不对。

不过，还有另外一种评价方式：此时此刻，这首曲子是否对某人意义深重？

我决定这对我来说有特殊意义。我小步跑回小提琴手所在的地方，朝她的帽子里扔了一美元。帽子旁边立了一块标语牌，但我没有读标语牌上的说明。我并不想探究琴手的故事，我要的只是音乐与心动一刻。

老爸说，娜塔莎和我“绝对不行”。或许他没说错，但并非出自他所设想的理由。刚才我真是蠢到家了。我本该陪在娜塔莎身旁，即使我与她之间只有今天；尤其是因为，我与她之间只有今天。

尽管活在手机时代，我却没有她的手机号码；我连她姓什么也不知道。于是我毫无头绪地搜了搜“娜塔莎 脸书 纽约”，结果搜出来5780,000条。我点击了大约100个链接，虽然每个“娜塔莎”都很可爱，却没有一个是我的“娜塔莎”。谁能想到她的名字这么有人气?

现在刚到四点一刻，街上又开始挤满了去搭地铁通勤的人。和我一样，行人们没精打采，气色欠佳。我干脆迈开步子在路边小跑起来，免得人行道上的行人拦住我的去路。

除了找到她，我别无其他打算。只能去她最后露面的地方——位于52街的那家律师事务所碰碰运气了，希望命运这次站在我这边，她还没走。

natasha

娜塔莎

52街地铁入口处，一对情侣正在吵架，男女双方都留着亮蓝色莫西干发型。他们压低了声音对吼，这是情侣们在公共场合吵嘴时使用的奇怪招式。我听不清他们在说些什么，但两人的手势说明了一切：女方对男方怒气冲天，男方对女方雷霆大怒。这一对百分百不是刚交往，双方都摆着一张没好气的臭脸。单凭两人对峙的气势，就能看出他们是一对“老夫老妻”。今天这一架会是他们的最后一架吗？这一架会是给他们的恋情画上句号的那根稻草吗？

我从情侣身旁经过，扭头回望两人。我敢说他们曾经相爱。或许他们依然爱着对方，只不过一眼难以分辨。

daniel

丹尼尔

我进了地铁，祈求地铁诸神（没错，不止一位神明）：这趟车可千万别再断电，也千万别再冒出一位神灵附体的列车长了。

假如我去得太晚，那怎么办？假如娜塔莎已经离开，那怎么办？假如刚才停步给小提琴手一美金，结果引起了连锁反应，害我错过她，那怎么办？

我搭的地铁进站了。月台正对面，一趟下城驶来的地铁也在同一时间进站。我搭乘的那趟地铁合上了车门，车身却纹丝不动。

月台上忽然冒出了大约二十人，个个身穿五色斑斓的紧身连体服。在一片深灰的地铁中，他们看上去仿若一群热带飞禽。他们排成一列，待在原地一动不动，显然正蓄势待发，只等有人一声令下。

是一群“快闪族”。月台对面的那趟地铁也纹丝不动。正在这时，一名身穿亮蓝衣服、带着一只大包的“快闪族”伸手摁下了便携音响的按钮。

刚开始，场面似乎混乱已极，“快闪族”们自顾自地乱舞，但接着我便意识到，他们的动作只相差了几秒钟，就像是用舞蹈在接力一样。他们先跳芭蕾，接着跳迪斯科，跳霹雳舞，直到地铁警察现身。舞者们解散，与我同车的地铁乘客则一窝蜂鼓起掌来。

我们搭乘的地铁启动了，车厢里的气氛却彻底变了样。人人面露微笑，谈论着刚才的“快闪族”是多么酷。至少过了足足三十秒，整车乘客才一个个重新摆出那副“我可在一趟全是陌生人的地铁上”的防备姿态。不知道这是不是他们跳舞的目的所在——让众人心意相通，即便只有片刻。

natasha

娜塔莎

我的座位背对着地铁站台，因此没有见到开场的一幕。不过整节地铁车厢的乘客似乎都在朝我身后张望，我才意识到出了什么事。我转过身，发觉月台上有一群“快闪族”跳起了舞，全都身穿色彩十分鲜艳的服装，全都跳着迪斯科。

“只有纽约才能见到这样的事”——我边想边取出手机，抓拍了几张照片。同车乘客纷纷欢呼鼓掌，其中一个家伙甚至手舞足蹈起来。

“快闪族”的群舞没跳多久，随即被三名地铁警察搅了局。车厢里响起了一片嘘声，紧接着，大家又继续抱怨起了一动不动的地铁。

如果是平常，我会在心里嘀咕：这意义何在？难道他们没有工作之类的正经事可做吗？但假如丹尼尔在场，他会说或许人家的人生本就应该如此。这些人就是要给众人的生活带来一抹亮色。这不就是意义吗？

daniel

丹尼尔

我一溜烟奔出52街地铁出口，差点撞到一对旁若无人亲热的情侣。即使他们的头发不是蓝色的，恐怕也会赚尽眼球，毕竟他们活像从头到脚黏在了一起。拜托二位去开间房吧，十万火急，一秒也不要等。没开玩笑，谁让他们急吼吼到恨不得在人行道上就开始了，男女双方都在毫不客气地狂捏对方屁股。

一位摆着苦瓜脸的男人十分嫌弃地从旁经过；一个小男孩瞪大眼睛呆望，差点惊掉下巴，男孩的爸爸赶紧捂住了儿子的双眼。

见到那对情侣，我竟感觉无比开心。看来，老掉牙的套话没有说错：相爱的人希望每个人都找到爱。祝有情人终成眷属吧。

natasha

娜塔莎

我右转走上马丁·路德·金大道，向丹尼尔家的小店走去。离隔壁商店不远的地方，一名女子伫立在牛奶箱上，正拉奏着小提琴。是个白人女子，一头长长的黑发看上去已经很久没有洗过，脸孔瘦削得厉害——不是时尚的瘦，而是吃不饱肚子的瘦。见到如此哀伤而又奇特的街头一景，我不得不停住了脚步。

收小费的帽子旁有块标牌，上面写着：**求助：急需筹资偿还高利贷，以便赎回提琴。**标牌上还有个又粗又黑的箭头，直直地向典当行指去。我想象不出生活是如何把面前这位女生逼到了讨钱赎琴的境地，但我掏出了一美元，扔进她的帽子——这样一来，她总共就收到了两美元。

典当行的门开了，一个身穿白色运动装的白人彪形大汉出了店门，摆着一张臭脸向我们走来。

“该收摊了。”他说着向提琴女孩伸出一只巨手。

她立刻停止演奏，一跃蹦下牛奶箱，收起帽子里的小费，把钱交给彪形大汉，连帽子也干脆一并给了他。

“运动装”大汉将钱揣进口袋，又将帽子戴到头上。

“还差多少？”女孩问道。

大汉从口袋里掏出一个小笔记本、一支铅笔，龙飞凤舞地写了几个字。“一百五十一块两毛三。”他冲女孩打了个响指，意思是讨要提琴。

她先将小提琴紧搂到胸前，接着才肯放手。

“我明天再来。你能答应先把它留着别卖吗？”女孩说。

他嘟哝着答应了。“你要真来，我就不卖。”他好歹松了口。

“我保证来。”她说。

“保证算个屁。”他说着走开了。

女孩凝望着店面，望了好一会儿。不知道他的话是不是引起了她的共鸣。

daniel

丹尼尔

就算娜塔莎还在楼里，面对这栋巨型玻璃怪兽，我也无从找起。我呆望着大楼的公司名录，试图发现她的所在。没错，她之前是去见了一位律师，可惜大楼的向导不是很明白。比如，上面可没有清清楚楚地标明：*某律师，也即17岁牙买加美少女娜塔莎的御用移民律师*。于是我绞尽了脑汁，可惜依然一无所获。

我掏出手机查了查时间。再过一个多小时，便是我的“命运之约”。我突然灵光一闪：干脆也查一下改约的新地址吧。如果距离太远的话，我不就有完美的理由爽约了吗？

地图显示，我已经到达了目的地——要么是地图有问题，要么是我。我又看了一遍地址，接着审视了一遍大楼公司名录。

不是吧。我的面试地点竟在这栋楼里。

我已抵达目的地。

natasha

娜塔莎

我推开店门，铃声“叮咚”响起来，一派喜气洋洋。要在店里找到丹尼尔多半没戏，但我总得试试吧。

本以为会看见丹尼尔的老爹守在柜台后，但店里的人是查理。他正在手机上敲字，几乎连头也没有抬一下。不知道我碰见谁算是运气好——是查理呢，还是丹尼尔的老爹？不过我反正没得选，因为店里根本找不见丹尼尔父亲的踪迹。

我迈步向柜台走去。“嗨。”我说。

查理又自顾自敲了几个字，才“咣”的一声将手机抛到柜台上——说到招呼潜在客户，他这种做派只怕有待改进。

“有什么能帮到你？”查理终于抬起头，开口问道。

查理的一个眼窝又红又肿，吓了我一跳。到了明天早上肯定是熊猫眼。查理抬起手，下意识地摸摸眼睛，他的指节看上去也青一块紫一块。

过了一秒钟，查理才认出我。“等等，这位不是丹尼尔的小女友吗？”

他肯定对着镜子练过冷笑，他做得非常好。

“是啊。”我说。

他的眼神绕过了我，四处搜寻着丹尼尔。“那小混蛋躲哪去了？”

“我不知道，我还盼着……”我开口发问。

查理慢吞吞地冲我露出一抹灿烂的笑容，生生打断了我的话。依我看，他是在耍帅。我也看得出，若是素不相识，这招多半会奏效。可惜我对查理的为人已经略知一二，这抹微笑只害我想朝他那只没挨揍的眼睛挥出一拳。

“你回来是因为看到了更好的选择，我懂。”查理说。

他说着挤挤那只“熊猫眼”，结果痛得倒吸一口冷气。

事实显而易见：我不信因果报应。

不过，或许我现在会开始相信。

“你知道他的手机号吗？”我问道。

查理在椅子上朝后一仰，从柜台上拿起手机。“你们吵架了吗？”

我恨不得半个字也不跟他提，不过好歹不能冷场吧。

“差不多，”我说，“手机号你究竟有没有？”

他来回拨弄着手机。“和韩国男孩约会是你的特殊癖好吗？”

他的脸上露出假笑，双眼却一眨不眨地盯紧了我。刚开始，我认定他不过是在气我，后来却发觉对方没耍花招。查理在乎上述问题的答案，尽管我说不清他是否心知自己有多在乎。

“为什么叫‘癖好’？”我问他，“难道我就不能喜欢他吗？”

查理对此嗤之以鼻。“省省吧，喜欢他什么？他那种人一抓一大把。”

这时，我突然意识到查理为什么非要找丹尼尔的茬：他恨丹尼尔，因为丹尼尔不恨自己。丹尼尔有对自己不确定的时候，但活得很自在，而这是查理永远也感觉不到的。

我有点为查理难过，但我没有表现出来。“拜托了，帮我个忙。”

“给我个帮你的理由。”查理收起了脸上的微笑（冷笑，假笑）。眼下他占尽上风，我们两人都心里有数。我对查理知之甚少，琢磨不出什么让他大发善心的招数。但话说回来，我也拿不准查理究竟有没有善良的一面。

“想想吧，我会给你弟惹多大的祸。”我说，“他爱上了我。不管你父母使出什么招，他也不会放手，你等着看好戏就行了。”

查理听完仰天大笑。他的确不是什么好人，我的意思是，他可能有善良的地方，毕竟大多数人都良知未泯，可惜，查理的不善良占了上风。当然了，他也不是平白无故就变成这个样子，不过我认定缘由并不重要。

有的人出现在你的人生中，让一切变得更美好，有的人则相反。

尽管如此，查理终究算为他的小弟做了件善事：他给了我电话号码。

daniel

丹尼尔

电话铃响了，我差点失手摔了手机，活像中了邪。来电号码我不认识，但我还是接起了电话。

“喂？”我说。

“是丹尼尔吗？”

“娜塔莎？”我脱口问道，虽然我知道是她。

“没错，是我。”她的话音中透出笑意，“你哥给了我你的手机号。”

这下可好，我开始怀疑是我那混蛋大哥在背后捣鬼了。查理可万万没有理由大发善心。

“你究竟是谁？”我追问道。

“丹尼尔，真的是我，没耍你。”

“他居然把我的手机号给了你？”

“可能他还不至于坏透顶吧。”娜塔莎说。

“拉倒吧。”我答道，我们双双笑出了声。

我找到她了。

好吧，是她找到了我。

简直难以置信。

“你在哪儿？”

“我刚从你家店里出来。你又在哪儿？”

“我在你的律师所在的大楼。”

“什么？怎么回事？”

“要找到你，那是我唯一能想到的地方。”

“你一直在找我？”她听上去有点害羞。

“你能原谅我吗？”

“不要紧，我本来也该早点告诉你。”

“是我多管闲事。”

“你没有。”她答道。

这三个字虽然不是我最想听她说的，不过也相差无几吧。

natasha

娜塔莎

他坐在一张正对喷泉的长椅上，在笔记本上写字。我早知自己见到他会很开心，但没料到竟乐得心花怒放。我必须控制住自己不要欢喜雀跃、鼓掌，甚至转个圈。

欢喜雀跃。绝非我一向的做派。所以我没有这么做。

可惜的是，我明明已经笑得合不拢嘴了。

我“哧溜”坐上长椅，用肩膀磕了磕他的肩。他举起笔记本捂住嘴，扭脸面对着我，一双眼睛睁得溜圆，眸中神采飞扬。我想没有谁看见另一个人会像丹尼尔见到我这么高兴了。

“嘿。”躲在笔记本后面的丹尼尔开口说。

我伸手要拦下书，他却朝后一躲。

“怎么啦？”我问道。

“算是我跟某人小有冲突吧。”他说。

“你跟某人有个小冲突，结果我不能看你的脸了？”

“我只是先给你敲声警钟。”

我又伸出了手。这一次，丹尼尔任我拨开了笔记本。他的右唇又红又肿，看上去像是打了一场拳击赛。

“你跟你哥打了一架吧。”我恍然大悟。

“那家伙自找的。”丹尼尔的脸上一派云淡风轻，刻意不当回事。

“我还不知道诗人会动手呢。”

“开玩笑吧？诗人动手无人能敌。”他冲我笑笑，却又痛得倒吸一口冷气。“我没事，其实没有看上去那么惨啦。”他边说边看我的脸色。

“你为什么要跟人动手？”我问丹尼尔。

“原因不重要。”

“原因很重要……”

“不，不重要。”丹尼尔死活不松口。不管出了什么事，他反正是不会告诉我的。

“跟我有关吗？”尽管心知答案，我依然问出了口。

他点点头。

我决定不再追问了。我值得他动手和别人打架，难道还不够吗？

“我当时很生你的气。”我说。若要继续交往，总得先把事情挑明。

“我知道，对不起。刚才我一时接受不了。”

“因为我没有先跟你说一声？”我问道。

“不。接受不了今天我们好不容易经历了一些需要经历的才在茫茫人海中相遇，结果却又要被活生生拆散。”

“你还真是无可救药哪。”

“很有可能。”他说。

我将头倚上他的肩膀，跟他讲起参观博物馆，讲起“阿尼吉托”陨石，讲起我们的太阳系、银河系和宇宙形成是多么不易。我告诉他，相比之下，坠入爱河不过是种微不足道的巧合。丹尼尔不同意该说法，让我暗自欣喜。我又伸出手，轻抚着他的唇。他捉住我的手，扭脸面对我的掌心，印下了一吻——原来在此之前，我从未真正理解“他们之间有着化学反应”一说。毕竟，一切事物都是化学，都是化合与反应。

我体内的原子已经与他体内的原子相互吸引看齐——正因如此，之前我才会觉察到他还在大厅。他又在我的掌心印下了一吻，我不禁叹了口气。触碰他仿佛是混沌与秩序，一时间，我感觉自己既支离破碎，又重获新生。

“你刚才说有好消息。”丹尼尔说。从他毫无保留的脸上，我看出了满心期待。要是刚才我们没能成功碰头，那怎么办？我们怎么能够忍受被拆散？因为此时此刻，想到与他天各一方，简直让人难以承受。但我又转念一想：还用说吗，我们当然撑得住，天各一方并不会要人命。

话虽如此，我们终究逃过了一劫，也算可喜可贺吧。“律师说，他觉得能搞定，他觉得我能留下。”我说。

“他有多大把握？”丹尼尔问。出人意料地，他的疑心居然比我更重。

“别担心，他似乎很有把握。”我回答道，任由自己流下了幸福的眼泪。这一次，流泪并未让我觉得丢脸。

“瞧，”丹尼尔说，“我们是天生一对，庆祝一下吧。”

他将我搂近了些。我解开他的黑发，伸手轻抚。他将手埋进我的发间，俯下身吻我，但我用一根手指搁上他的唇，拦住了他。

“先别急。”我说。

我脑子里刚刚灵光一闪：恐怕该给某人打个电话。是个蠢念头，不过，丹尼尔差不多已经害我相信“命中注定”了。

今天种种巧上加巧，都拜早上那位耽误我时间的门卫所赐。若不是她把玩我的随身物品，我就不会迟到，不会遇见莱斯特·巴恩斯，不会遇见菲茨杰拉德律师。不会遇见丹尼尔。

我翻遍了背包，将莱斯特·巴恩斯的名片取了出来。电话被径直转到了语音信箱。我唠叨了半天，感谢他帮我，又托他代我多谢门卫。

“她长着一头棕色长发、一双忧郁的眼睛，谁的物品她都不会放过，通通要摸一回。”我向莱斯特·巴恩斯描述了那位门卫。刚要挂断电话，我却猛地记起了她的名字。“我觉得，她名叫艾琳，”我说，“拜托代我向她道声谢吧。”

丹尼尔狐疑地瞥瞥我。

“我稍后再解释。”我告诉他，又一头扎进他的怀中。“回卡拉OK室吗？”紧贴着他的唇，我问道。我的一颗心几乎要蹦出胸口了。

“不，”他说，“我有个更棒的主意。”

daniel

丹尼尔

“想听一件离谱到家的事吗？”我领娜塔莎走回大楼，问道，“我的面试居然也约在这栋楼里。”

“不是吧。”娜塔莎呆住了片刻。

我对她咧嘴一笑：我迫不及待想要知道她科学的大脑对这种史诗级的巧合有什么解释。“不能更巧了吧？”我说。

她放声大笑。“你在偷着乐呢，对吧？”

“瞧，我从头到尾没有说错。我们是命中注定会相遇。假如刚才没有遇见对方，那我们可能会现在相遇。”我的话漏洞百出，娜塔莎却没有回嘴。相反，她伸手握住我的手，露出了微笑。说不定我能让她开始相信了。

我的计划是和娜塔莎一起登上大楼楼顶，找个隐蔽的地方亲热。借我那场面试作幌子，我们在大楼安检处签了到，保安又给我们指了去电梯的路。我们搭乘的必是本楼住客专用电梯，差不多每层都停。西装革履的人们来来去去，高声谈论要事。不管娜塔莎之前调侃了些什么，让我在这种地方上班恐怕是不可能的。我们终于到了顶楼，出了电梯，找到楼梯井，登上一段台阶，径直来到了一扇关着的灰门前方，门上还标有“不通向楼顶”的字样。

不是吧。门后显然是楼顶。我拧拧门把手，暗自希望奇迹发生，可惜大门确实上了锁。

我无力地将头倚上了标语牌。“芝麻开门。”我对那扇门说。

奇迹般地，楼门竟然应声而开。

“见鬼啦？”我向前踉跄了几步，差点一头撞上楼下大厅遇见的保安。跟我们不一样，他必定是搭专用电梯上来的。

“你们不能上楼顶。”他咕哝道，身上散发出一股烟味。

我拉着娜塔莎迈过了楼门。“我们只是想看看风景。”我的语气充满敬意，略带恳求，但没有任何抱怨。

保安狐疑地挑挑眉，正要开口，一阵咳嗽却猛地向他袭来，他弓下腰用拳头捶起了胸口。

“你没事吧？”娜塔莎问他。保安略微弓下身，双手撑在腿上。娜塔莎伸出一只手，搭上他的肩头。

“天呐，这个咳嗽简直要我的命。”他一边咳一边说。

“嗯，谁让你抽烟呢。”娜塔莎说。

保安直起腰，抹了抹眼睛。“我老婆也这样说。”

“她说得对。”娜塔莎立即回答他。

我拼命给娜塔莎递眼色，意思是：别跟肺有毛病的保安老人争论，否则他不让我们上楼亲热。可惜即使娜塔莎准确理解我的意思，她也没有搭理我。

“我在肺科病房当过志愿者，你刚才那阵咳听上去可不是什么好兆头。”娜塔莎说。

我与保安都瞪着她看。我满脑子想象着娜塔莎身穿医院志愿者红白条纹制服的一幕，想象着娜塔莎脱下红白条纹志愿者制服的一幕。毫无疑问这将是我新的幻想形象。

我不清楚保安为什么盯着她看，但总之别跟我是同一原因就好。

“交出来，”娜塔莎一边说，一边伸手去接保安的烟，“你得戒烟了。”她下令道。我真不明白：她怎么能显得既满怀关切，又凶巴巴呢。

保安从夹克口袋里掏出了一包烟。“你以为我没试过戒烟吗？”他问道。

我再次审视着他。他年纪太大了，已经不适合这份活，看上去一副理应颐养天年、在佛罗里达某处哄哄孙辈的模样。

娜塔莎却还伸着手，直到老保安乖乖交出那包烟。

“你小心她。”保安笑着指点我。

“遵命。”

保安又披上夹克。“你怎么知道我不会再买一包呢？”他问娜塔莎。

“我真说不准。”她耸耸肩膀，说道。

他凝望着她，望了好一会儿。“人生并非都是按计划进行的。”他说。

我看得出来：娜塔莎不信他的话。保安也看得出来，但他没有深究。

“别靠得太近。”他说着冲我们两人挤挤眼睛，“祝你们玩得愉快！”

joe

乔

计划史

那个女孩让乔想起自己的贝丝。一样心直口快，一样又有着一副热心肠。正因如此，他才睁一只眼闭一只眼，让他们待在楼顶。他心里清楚：他们唯一想看的风景只有彼此。那又有什么不好的，乔暗自心想。

他与贝丝曾经也是这样，不仅仅是刚结婚时，而是自始至终。真跟中头彩有一拼哪，当初他们爱这么说。

去年，贝丝离开了人世，当时他们两人刚退休才六个月。事实上，退休次日，贝丝便被诊出患了癌症。他们原本定了好些计划，要么乘船去阿拉斯加观赏北极光（贝丝的主意），要么去威尼斯喝格拉巴酒看运河（乔的主意）。

正是这一点，让乔至今难以释怀：他们一起定了计划，一起攒钱，一起等了那么久，只盼一个完美时机。

结果呢？最后只落个一场空。

当然，女孩说得没错。他不该抽烟。贝丝去世以后，乔不再过退休的生活，又重新捡起了香烟。就算折腾死自己又有什么关系？就算抽烟送了命，又有什么关系？人生已再没有半点活头，再没有半点盼头了。

他再度遥望了一眼女孩和男孩，才关上了楼门。他们凝望着对方，仿佛身处人间天堂。曾经一度，他与贝丝也如此甜蜜。

谁知道呢？他也许会戒烟，也许还有别的计划呢。

natasha

娜塔莎

丹尼尔走到楼顶边缘，眺望着城市。他散开的黑发随风轻拂，又换上了那副诗意的神情，没有瘀青的一侧脸孔露出了笑容。我向他走过去，将手伸进他的掌中。“你不打算写点儿什么吗，诗人？”我逗他。

他的笑意更浓，但没有回头望我。“从这里看一切都太不一样了，不是吗？”他问道。

他眼中的风景是什么样的？我看见好几英里绵延的楼顶，大多数空空荡荡，其中一些堆满了早已被人扔掉的弃物——坏了的空调、破了的办公室家具，另一些楼顶是花园，不知道由谁照料。丹尼尔取出了他的笔记本，我朝楼顶边缘迈近了几步。

在大楼建成之前，它们还是钢铁骨架。在钢筋铁架之前，它们是纵梁横梁、金属、玻璃，与混凝土。在此之前，它们是施工计划。在此之前，它们是建筑计划。而在上述种种之前，不过是某人脑海中打造城市的图景。

丹尼尔收起笔记本，将我从楼顶边缘拉回来，伸手揽在我的腰间。

“你都写了些什么？”我问。

“计划。”他说。他欢快的眼睛凝望着我的嘴唇，我只觉得无法思考。我微微后退一步，他跟了过来，像是在跳舞。

“我……真要命。你一直都是这么性感吗？”我问。

丹尼尔放声大笑，脸涨得通红。“很高兴你觉得我性感。”他的眼神不离我的嘴唇。

“亲你的话，你的伤口会不会痛？”我问道。

“那是甜蜜的痛。”丹尼尔将另一只手也搁到了我的腰间，仿佛绑定了我们两人。我只觉得心如鹿撞。即将来临的这一吻，恐怕及不上记忆中他初次吻我那般美妙吧。丹尼尔初次吻我时，我本以为是最后一次与他接吻——正因如此，我坚信，那一吻才更加让人心醉。至于眼前这一吻，相比就平淡了些。没有火花四溅、天翻地覆，不过是两个属意对方的人接个吻。

我踮起脚尖，向他凑近。他的目光终于迎上了我的目光，从我腰间抽开了手，搁上我的心口。我的心在他的掌下跳动，恰似正在为他跳动。

我们嘴唇相接，而我尽量不闭上眼，能睁多久睁多久：我正竭尽全力，不向我们之间疯狂的吸引力低头——我不明白。为什么是这个人？为什么是丹尼尔，不是其他人？假如丹尼尔与我从未相遇，那又怎样？那我是否会遭遇平淡无奇的一天，浑然不觉自己错过了什么？我伸出双臂勾住他的脖子，向他贴近——只不过，贴得再近也不够。骚动、混乱的感觉又回来了。我想要的东西有的确定无疑，有的难以名状。我希望此时此刻永远继续下去，但我又不愿错过即将来临的一切。我想要和丹尼尔一起度过未来的每一天，但我现在就想要。

一时间，我只觉不堪重负，于是叫了停。“离、我、远、点。”每说一个字，我便亲他一下。我伸手向远处指去，远得无法接吻的地方。

“这里？”他后退了一步，问道。

“至少再退五步。”

丹尼尔冲我咧嘴一笑，却依然乖乖照办了。

“我们总不会一接吻就变这样吧？”我问丹尼尔。

“变什么样？”

“疯了一样。”

“我就喜欢你这么直接。”他说。

“真的？老妈说我太过火。”

“有可能，但我反正喜欢。”

我垂下目光，没有接话。“你的面试还要等多久？”我问道。

“四十分钟。”

“你还有爱情实验的问题要问我吗？”

“难道你还没有爱上我？”他假装难以置信地问我。

“还没有。”我微笑回答。

“别担心，”丹尼尔说，“我们有的是时间。”

daniel

丹尼尔

与娜塔莎一起坐在楼顶，感觉仿佛一个奇迹，仿佛我们融入了一座秘密的天空之城。太阳正慢吞吞地落山，但天还没有黑。黄昏瞬息将至，不过眼下只微微透出一丝暮色。

娜塔莎和我盘腿坐着，背靠楼梯间门旁的墙壁。我们手牵着手，她把头倚上了我的肩膀，柔软的秀发紧贴着我的侧脸。

“你准备好回答晚餐客人的问题了吗？”我问她。

“你是说，我会请谁做客？”

“没错。”

“唔，不行。你先答。”她说。

“小菜一碟。”我说，“我请上帝。”

她从我肩上抬起头，向我望来。“你真信上帝？”

“信。”

“一个神？在天上？有超能力？”娜塔莎质疑的语气不是在开玩笑，而是在探究。

“有点出入。”我说。

“出入在哪？”

我捏捏她的手。“我们此刻的感受，我们之间这种难以理解却又难以割舍的心意相通，正是神性。”

“老天爷，”娜塔莎叹道，“你们诗人真危险。”

她将我的手搁到她的腿上，伸出双手握住。

我仰头端详碧空，竭力把云层看个究竟。“我是这么想的，”我说，“我觉得，我们密不可分，我是指地球上的所有人。”

她用指尖轻抚着我的指节。“就连坏人也是？”

“没错。不过，就算是坏蛋，也有善良的一面。”

“才不是。”娜塔莎说。

“好吧。”我退让，“但是每个人一辈子至少做过一件善事吧——同意吗？”

她寻思片刻，慢慢地点了点头。

我继续说了下去。“我觉得，在某种程度上，我们善良的部分是息息相通的。因为这份‘善意’，人们让出自己最后一块双层巧克力饼干，给慈善机构捐款，给街头音乐家一美金，去医院当志愿者，看‘苹果’产品广告也流眼泪，开口说出‘我爱你’或者‘我原谅你’。依我看，这便是上帝。上帝就是连接人与人最善良的部分。”

“你认为这种联系是有意识的？”娜塔莎问道。

“没错，我们将之称为‘上帝’。”我回答。

她悄无声息地笑了。“你是不是一向如此……”

“……博学？”我插嘴道。

她不禁笑出了声。“我本来想说的是‘俗套’。”

“没错，我正是以俗套远近闻名。”

"开个玩笑而已。"娜塔莎说着用肩膀磕了磕我的肩。"我很高兴你琢磨过这些事。"

其实，我有同感。这并不是我第一次冒出上述念头，但却是我第一次把话说得明明白白。不知为何，与娜塔莎在一起，我展露出的是最好的一面。

我将她的手揽到唇边，轻吻她的手指。"你呢？"我问道，"你不信上帝吗？"

"我喜欢你对上帝的定义，但我绝对不信降下'硫黄烈火'的上帝。"娜塔莎说。

"不过，你另有信仰？"

她皱了皱眉，一时有些拿不定主意。"我真的说不好。我觉得，我更感兴趣的是人们为什么认为他们必须信仰上帝。笃信科学为什么不行？科学无比奇妙。夜空？迷人至极。人体细胞内部？难以置信。我们生来就带着某种东西，为我们种种的恶劣行径开脱？我不知道。我觉得，我还是信科学好了。科学已经足够。"

"唔。"我答道。阳光映照在楼宇之上，我们四周染上了一抹橙色。尽管四周一望无垠，我却有种与世隔绝的感受。

娜塔莎说："你知道暗物质在宇宙中占比约为27%吗？"

我一头雾水，但娜塔莎当然知道。

"什么叫'暗物质'？"我问道。

娜塔莎脸上的神情只能用"快乐"一词形容。她从我的掌中抽出手，又搓搓双掌欣然开讲。

"嗯，科学家们并不确定，但那是天体质量与按引力效应计算出的质量之间的差。"她满怀期待地抬了抬眉，仿佛她刚刚发表了一番颇有深度、惊天动地的高论。

可惜，我并未感到地动山摇。

她叹了口气。深深的长叹。

“诗人呐，”她嗫嚅道，但依然面露笑容，“这两个质量的数值理应相等。”她竖起一根手指，意在说理。“按理讲应该相等，但对于行星这样非常庞大的天体而言，实际上却有出入。”

“哦，真有意思。”我说——我可真的不是在演戏。

“对吧？”娜塔莎展颜一笑——我也真的迷眼前人迷得难以自拔。“而且，事实证明，星系的可见质量所产生的引力并不足以解释它为什么不会分崩离析。”娜塔莎说。

我摇摇头，示意没有听懂。

她又继续开讲。“假如算出能够探测到的所有天体的引力，其数值并不足以使星系和星星沿其轨道彼此绕行，所以，宇宙中必然有着更多不可见的物质，也就是暗物质。”

“好，我明白了。”我说。

她向我抛来怀疑的眼神。

“不，没瞎扯。”我说，“我懂了。你刚才说，暗物质在宇宙中占了27%？”

“约占27%。”

“它还是天体没有朝着深空乱撞一通的原因所在？是联结万事万物的原因所在？”

娜塔莎眼中的怀疑之色越来越浓。“你的诗人脑瓜究竟想要表达什么？”

“你会恨我的。”

“有可能。”她附和道。

“暗物质就是爱，是吸引力。”

“哦，不是吧。呃，我要吐了，你最差劲了。”

“哦，我才不是。”我放声大笑。

“绝对差劲。”娜塔莎嘴里说道，却倚了过来，跟我一起开怀大笑。

“完全不是。”我得意道，再次握住了她的手。

她哼了一声，但我看得出她正在琢磨我的说法。或许，她没有自己料想中那么反感呢。

我又查阅起了手机上的问题清单。“好，问题又来了。请补全本句：‘我们二人共处一室，感觉……’”

“感觉我非得去洗手间不可。”她笑着说。

“你不喜欢谈论正经事，对吧？”

“难道你没有过心急火燎要去洗手间的时候？”娜塔莎问，“这可再正经不过了，搞不好会严重伤及膀胱……”

“你真要去洗手间？”我问道。

“不去。”

“那就老实回答问题。”我说。我才不想让她蒙混过关。

“你先答。”她叹了口气。

“感觉心花怒放。心痒难耐。心怀希冀。”

“还压头韵，厉害。”

“该你了，得说真话。”我告诉她。

她冲我吐吐舌头。“感觉心如乱麻。心惊胆战。”她说。

我将她的手揽进怀中。“你为什么心惊胆战？”

“今天一天很难熬。今天早上，我以为自己会被驱逐出境。两个月来，我一直在鼓足勇气准备迎接这一天，但现在看来，我似乎可以留在美国了。”

她扭头凝望着我。“还有你。今天早上，我跟你还素不相识，但现在我已经把跟你素不相识的日子忘了个精光。有点不堪重负吧，有种失控的感觉。”

“这算坏事吗？”我问道。

“我喜欢心里有数，我喜欢提前计划。”她说。

我懂，我真的明白。我们骨子里喜欢计划，这是我们的习惯。太阳每天升起，月亮晚上出现。“不过刚才保安说的没错，预先计划也并非万无一失。”我说。

“你认同吗？我倒觉得，提前计划基本上万无一失。大多数情况下不会有意外让你措手不及。”

“也许恐龙也这么想过，结果呢，瞧瞧它们的下场。”我逗娜塔莎。

她笑得如此灿烂，我不得不伸手轻抚她的脸颊。她扭头贴上我的掌心，印下了一吻。“撇开灭绝级事件不提，未雨绸缪是行得通的。”她说。

“我的出现不就让你措手不及吗？”我提醒娜塔莎，她没有抵赖。

“话说回来，”我又开口道，“目前你只有两个答案，‘心如乱麻’和‘心惊胆战。’”

“好吧，我投降。满足你的愿望，我的第三个答案是‘心花怒放’。”

我夸张地长叹一声。“你本来可以先答这个词的嘛。”

“我喜欢悬念。”娜塔莎说。

“才不是。”

“你说得对。我恨死悬念了。”

“‘心花怒放’，是因为我吗？”我问道。

“也因为没有被驱逐出境。但主要是因为你。”

她将我们紧握的手抬到唇边，吻了吻我的手。我愿意时间静止在这一刻，和她接吻、聊天、接吻、聊天……

“我们什么时候开始互相对望的环节？”我问道。

娜塔莎翻了个白眼——即使如此那也是我想要对望的眼睛。“再说吧，等你面试结束。”她答道。

“不要心惊胆战。”我又逗她。

“有什么好心惊胆战的？你看的不过是虹膜和瞳孔而已。”

“眼睛是心灵的窗户。”我回嘴道。

“胡说八道。”她说。

我在手机上查了查时间——其实毫无必要。我知道面试时间马上就要到了。可惜的是，我还盼着在天空之城多待片刻。“我们再答几个问题吧，限时回合。”我开口提议，“你最宝贵的记忆是什么？”

“我第一次吃到蛋筒冰淇淋，不是放在杯子里的那种。”娜塔莎毫不犹豫地回答。

“当时你几岁？”

“四岁。吃的是巧克力冰淇淋，身上穿的是白色复活节装。”

“谁给你的？”我问道。

"我父亲。"娜塔莎微微一笑，"那时候我还是他最珍爱的人。"

"现在呢？"

"现在不了。"她说。

我只等她细讲下去，娜塔莎却转开了话题："你最宝贵的记忆又是什么？"

"我七岁的时候，我们全家去了迪士尼乐园。查理一心一意盼着去坐过山车，但老妈觉得那会吓坏我，她又不肯让查理一个人去，而且我父母都不想坐。"

娜塔莎攥紧了我的手。真可爱——过山车显然没要了我的命。"然后呢？"娜塔莎问。

"我说服了老妈，告诉她我一点也不怕，我想坐过山车好久了。"

"事实上你不想？"她问道。

"不想。我害怕得要命，是为了帮查理。"

娜塔莎磕磕我的肩膀，逗我道："我已经很喜欢你了，你不必说服我相信你是个圣人。"

"问题是，我不想做什么圣人，我们不会相安无事地相处下去。我只是想向他表明，我不是个没用的人。也算奏效了吧。他夸我很勇敢，还让我吃光了他的爆米花。"

我抬起头，凝望着云层。碧空中的白云几乎一动不动。

"我们最珍视的回忆竟然都是与现在我们最看不顺眼的人有关，你觉不觉得很有意思？"我问道。

"也许这正是我们看他们不顺眼的原因吧。"娜塔莎回答，"当初的他们与现在天差地别，我们无力挽回。"

“也许吧，”我说，“你知道这件事最讨厌的是什么吗？”

“是什么？”

“因为那次旅行，直到今天我还恨过山车。”

娜塔莎放声大笑，我与她一起笑了。

eyes

眼睛

进化史

据科学家们推论，最初的“眼睛”不过是某些古生物皮肤上带有色素的感光点。该感光点使其能够在黑暗处感光——这是个有利的特质，因为黑暗可能代表着捕食者已经离得够近，足以挡住光亮。凭借这一优势，上述生物更易存活，繁衍得更多，并将这种能力传给了后代。随机突变产生了凹陷得越来越深的感光点，从而使视力略微得以提升，生物的存活概率也相应提升。随着时间的推移，上述感光点进化成了人眼。

眼睛，是如何从一种生存机制演变出“一见钟情”的意义？还有“眼睛是心灵的窗户”？以及“恋人们沉溺在对方的眼神中”的俗套？

研究表明，假如双方彼此吸引，多巴胺会使人们的瞳孔扩张。另一些研究表明，眼中纹路可以反映人格倾向，因此，“眼睛是心灵的窗户”终究说得过去。

至于花好几个小时互相对望的情侣，那是信任的表现吗？我向你敞开心扉，相信你不会乘人之危伤害我。假如信任是爱的基石之一，或许对望正是打造或巩固基石的一种方式。也有可能，事情并没有这么复杂。

简单寻求联系。

看见。

被看见。

daniel

丹尼尔

菲茨杰拉德律师的办公室大门位于一条又长又灰、几乎毫无特色的走廊尽头。我竭力不去想（可惜没有成功）：这一幕昭示着我的未来。门上没有贴名牌，只有一个号码。我敲响房门，结果无人应门。难道菲茨杰拉德律师已经下班了？那倒是理想结果。这样一来，没有去成耶鲁大学，没有当成医生，就不能怪到我的头上。尽管我因为跟娜塔莎亲来亲去迟到了十分钟——又怎么样呢，我反正半点也不后悔。

我拧了拧门把手，进门望见一个抽泣的女人。人们通常会掩面而泣，但她伫立在办公室正中，大口吸着气，泪流满面。她的睫毛膏在脸颊上晕出了条条黑痕，眼睛又肿又红，看上去像是已经哭了好一会儿。

当发觉我呆立一旁时，女人止住了泪，用手背抹了抹脸，谁知道却只是添乱：她的鼻梁也染上了睫毛膏。

“你没事吧？”我脱口问道。堪称我能想到的最蠢的问题：显而易见，她怎么会没事。

“我没事。”她回答，轻咬着下唇，想要理顺秀发，可惜还是在添乱。

“你是丹尼尔·裴吧，”女人说，“来参加大学入学面试的。”

我朝她迈近了一步。“要我给你拿杯水，或者拿张纸巾吗？”我发觉她的办公桌上有只装纸巾的空盒子，旁边是个标有“律师助理，费用合理”字样的马克杯。

“我真的没事，找律师请那边走。”她指着身后的一扇门说。

“你确定你……”我刚开口，她却打断了我的话。

“我得走了。拜托转告他，他是我见过最出色的人，但我不得不离开。”她说。

我回答了一句“好的”，尽管我并不会跟律师提起。再说，这间律师事务所小得可怜，律师说不定已经亲耳听到了她的表白。她走回办公桌旁，拿起写有“律师助理，费用合理”的马克杯。“请转告他，我并不愿意离开，但我不得不走，这样对我们两个人都好。”她说。

她说完又流眼泪了，这下可好，我能感觉到自己的眼眶涌满了泪水。坏了。她突然停止了哭泣，瞪大眼睛盯着我。“你是在哭吗？”她问道。

我揉揉眼睛。“我有个蠢到家的毛病：一看到别人哭，我就忍不住会跟着一起哭。”

“真窝心。”不哭的时候，她的声音听上去倒颇为悦耳。

“其实很操蛋。”

“注意语言。”她皱起了眉。

“不好意思。”我说——不过，何方神圣才会反对“操蛋”这种无害的字眼？

她轻轻点点头，接受我的道歉。“我们刚刚才搬进这间办公室，结果我再也见不到它了。”她抽噎着，又擦了擦鼻子，“要是早知道结局，一开始我就不会走这条路。”

“有谁不想看透未来呢。”我说。她点头表示同意，眼中又盈满了泪水。

“小时候，我最爱读的书是童话，因为在翻开书本之前，你就已经可以预见到结局——从此过着幸福的生活。”女子瞥了瞥身后关着的办公室门，合上眼又睁开，“在童话故事里，公主从不犯错。”她说。

我身后的办公室门应声而开。我转过身，满心好奇想见识一下这位了不起的情圣是什么样：除了右眼上方的创可贴，对方看上去并无多少显眼之处。

“你是丹尼尔·裴？”他开口问道，双眼盯紧了我，目光连半秒钟也没有在女人身上停留。

我伸出手，准备跟他握手。“菲茨杰拉德先生，很高兴认识你。”

对方并没有跟我握手。“你迟到了。”他一边说，一边走回了办公室。

我转身与秘书小姐道别，但她已经不见了踪影。

natasha

娜塔莎

我从背包里取出手机。依然没有贝芙的回电，没有贝芙的短信。说不定，她去参观另一所大学了呢；我记得她说过，想去加州大学旧金山分校转一转。

该给老妈打个电话。今天，我早就应该给她打电话了。和丹尼尔一起待在楼顶时，她给我打过三次电话。

我给她发去一条短信：**马上回家。**

手机几乎立刻响起了铃声。看来，老妈一直在等我的消息。

已经找你两小时了。短信写道。

抱歉！我又回了一条短信。

我妈属于对话中说最后一句话的人，于是不可避免地短信又来了：

就是说，没什么进展？原本没抱希望就好。

我将手机抛回背包里，没有回复。

有些时候，我认为老妈最深的梦魇正是失望。为免希望落空，她便竭尽所能不抱任何希望，还非要拉所有人一起下水。

有些时候，这招也不太管用。有一次，她带回家一张袖珍剧场戏剧的选角传单。我不知道她是从哪里找来的，也不知道所招募的角色是哪一个。父亲接过传单，甚至说了声“谢谢”，但我敢肯定，他根本没有拨打传单上的电话。

还是等到菲茨杰拉德律师有了准信，再跟老妈透口风吧。她已经承受了太多太多失望。

怀抱满腔希望的痛处在于：希望越高，跌得越重。

samuel kingsley

塞缪尔·金斯利

悔恨史

第四部分

世上有些人，是为卓越而生。上帝赋予少数幸运儿才华，让我们降生于世，施展天赋。

可惜整整一生中，我只有两次得以施展才华的机会：两个月前，我在曼哈顿出演了《阳光下的葡萄干》；十年前，我在蒙特哥湾出演了《阳光下的葡萄干》。

我与那部戏有着不解之缘。在牙买加，有报道称我的表演“不可思议”。演出过后，观众起立热烈鼓掌。

掌声是给我的。不是其他演员。只向我一个人致敬。

真有意思。那部戏将我带到了美国，现在却又要将我带回牙买加。

帕特丽夏质问我，我怎么能把老底通通透露给了警察。“警察又不是传教士，”她说，“这又不是告解。”她说。我告诉她，我只是喝得烂醉，下台时兴奋过头了——世上能有什么事，比担起你天赋的使命更激动人心的呢。

我告诉她，我不是故意说漏嘴的。我告诉她的的确是实话，但反过来讲却也不假——或许，我是故意的。这可不算我坦白，我只是说，我的脑子里确实冒过这个念头。或许，我是故意的。我们演戏时，剧场里连坐也没坐满呢。

美国已经放弃了我，我也要放弃它了。最重要的是，那一晚提醒了我。在牙买加，观众起立向我鼓掌致敬。在美国，我连观众都没有。

我不知道。或许，我确实是故意的。人们可能会在自己的脑海中迷失，正如到了异国他乡。所有思绪用的都是另一种语言，尽管你的四面八方皆有路牌，你却无法读懂。

daniel

丹尼尔

我在律师办公桌上望见的第一件东西是份卷宗，上面写有娜塔莎的名字。“娜塔莎·金斯利”——卷宗上标得明明白白。必定是她，对吧？世上能有多少个“娜塔莎·金斯利”？我和娜塔莎不仅约了人在同一栋楼里见面，她约的律师和我约的面试官还是同一个人？这种事也太不可思议了吧？我已经等不及要看娜塔莎的表情了。

我抬头打量律师，又环视了一圈他的办公室，寻找着蛛丝马迹。“你是移民律师？”我问道。

他抬起头——他刚才在读的想必是我的申请。“没错。为什么这么问？”

“我想我认识你的某位客户。”我说着拿起卷宗。

他从我手中一把夺回文件。“别碰，信息是保密的。”他将卷宗放在远远避开我的地方。

我冲菲茨杰拉德律师咧嘴一笑，他皱起了眉。“唔，抱歉，”我说，“不过你救了我一命。”

“你在说什么？”律师屈伸着右手腕，我发觉他的手上贴着创可贴。我猛然记了起来，律师助理小姐刚才提过，他出了车祸。

我向文件伸手一指。“我刚刚遇见了她……娜塔莎……就在今天。”

菲茨杰拉德律师依然眉头紧锁，显得一头雾水。“我遇见她的时候，她就快被驱逐出境了，谁知道后来她跟你见了面，你大展神通，现在她要留在美国了。”

律师将贴着创可贴的手搁上了办公桌。“为什么是救你的命？”

“她是我的真命天女。”我说。

他又皱起了眉。“你不是说，今天你才刚刚认识她吗？”

“没错。”我忍不住露出了灿烂的笑容。

“但你已经决定她是你的真命天女？”菲茨杰拉德律师并没有伸手作势在真命天女四字上加个引号，但我能从他的语调中听出来——用语调加引号，并不比伸手作势加引号客气到哪里去。

律师双手合十，盯着我端详了好长一段时间。“你来这里干什么？”他问道。

这是个陷阱题吗？“为了我的大学入学面试？”我答道。

他用犀利的目光审视着我。“不，说真的，你为什么现在来我的办公室？你显然没有把这次入学面试放在心上；你露了面，看上去像是刚打了一架。所以，我的问题并不是在开玩笑。你为什么要来？”

除了说实话没别的办法了。“我父母逼我来的。”我说。

“你多大？”

“十七岁。”

律师低头审视我的档案。“资料上说你感兴趣的是医学预科课程，对吗？”

“不算吧。”我说。

“不算，还是不感兴趣？”律师喜欢肯定回答。

“不感兴趣。”

“这下算是有点进展了，”他说，“你想去念耶鲁大学吗？”

“我连自己是否想上大学也说不清楚。”

律师在椅子上朝后一仰。我感觉自己仿佛正在上庭接受盘问。“你的终极梦想是什么？”他说。

“成为一名诗人。”我回答。

“真不赖，”他说，“非常务实。”

“信不信由你，这句评语我听过。”

律师朝我凑近了些。“我再问一次，你来干什么？”

“我不得不来。”

“不，你不必。”律师反驳道，“你大可站起来，走出那扇门。”

“我欠我父母一份情。”

“为什么？”

“你不会明白。”

“你不试试怎么知道。”

我叹了口气（不堪重负的一声长叹）。“我的父母是移民。为了日子过得更好，他们搬到了这个国家。他们没日没夜地干活，好让我哥和我实现美国梦。可惜的是，美国梦可不包括省略大学，成为饿肚子艺术家。”

“美国梦包括你想要的一切。”

我嗤之以鼻。“我家可没有这种说法。假如不肯乖乖听话，家里就不会再理我了，不给上大学的钱，什么也不给。”

至少，老实交代打断了律师连珠炮似的盘问。他又在椅子上朝后一仰。“你家里人真会放弃你吗？”他问道。

我心知答案，但此刻我说不出口。我回想着父亲今天下午早些时候的面容：他心意已决，查理和我必须过上比他更好的生活。为达这一目的，他将不惜一切。

“是的，”我说，“他会的。”只不过，并非因为他是恶人，并非因为他是典型的韩式家长，而是因为他为自己的过去所困，无法放手让子女打造自己的人生。

正如其他许多人。

菲茨杰拉德轻吁一声。“这么说来，我猜你必须确定诗人值得你的付出。”

这一下，俯身凑近的人变成了我。“难道你没有应该做的事？承诺要去做的事吗？”

律师的目光躲开了我的眼神。不知道什么原因，这个问题扭转了局势，仿佛律师与我摇身变成了难兄难弟。

“履行义务是成年的定义，孩子。如果你要犯错和食言，现在正是时候。”

他闭了嘴，扭扭手腕，做了个鬼脸。“想搞砸就趁现在，趁着后果还不至于难以收拾。相信我，以后想要摆脱一切可就难了。”

有些时候，人们的言外之意尽在不言之中。我瞥了瞥律师的左手，望见一枚结婚戒指。

“你本人便是活生生的例子？”我问道。

他不再双手合十，摆弄着手上的婚戒。“我结婚了，有两个孩子。”他说。

“但你和你的律师助理有婚外情。”我说。

律师揉揉眼睛上方的创可贴。“是在今天开的头。”他向紧锁的办公室门望去，仿佛盼着助理小姐正伫立当场。“也是在今天收的尾。”他轻声说。

我原本并未料到律师会亲口承认；这一下，我真不知道说什么好。

“你认为我不是什么好人。”他说。

“我认为你是我的面试官。”我回答。或许，我们还是让这场面试重回正轨的好。

律师伸手掩面。“我遇见她的时候已经太晚了。我这个人总踩不准时机。”

我不知道该劝他些什么：再说，他又不是在求我支招儿。通常而言，我会劝对方“随心”吧，但菲茨杰拉德律师已有家室，事情牵涉到的可不仅仅是他的一颗心。

“那你打算怎么办？放手让她走吗？”我问道。

律师凝望了我好一会儿，斟酌着。“稍后你也只能放手让她走。”他终于开了口。

他从手肘下抽出娜塔莎的卷宗。“我办不到。我以为自己可以扭转局势，可惜没有办到。”

“办到什么？”我问。

“让她免于被驱逐出境。”

看来，律师得细细给我解释清楚才行，因为我没听懂他刚才的话。“今天晚上，你的娜塔莎依然会被驱逐出境，恕我无能为力。法官不肯推翻自愿离境令。”律师说。

我不知道自愿离境令是什么法规，但我满脑子想的都是：一定是弄错了。百分百弄错了。此时此刻，我倒真心盼望律师说的是另一个娜塔莎·金斯利。

“很抱歉，孩子。”律师又说。他从办公桌上向我推来卷宗，仿佛我翻阅一下便能力挽狂澜。我翻开了文件。是一份正式表格。我满眼只见她的名字：“娜塔莎·凯特琳·金斯利”——我还不知道她的中间名呢。“凯特琳”，跟她很搭。

我合上卷宗，交回给律师。“一定还有什么办法可想吧。”

律师再次双手合十，耸了耸肩膀。“我已经什么招都使过了。”

他耸肩膀有点惹毛我。这可并非小事，并非什么“你误了约会时间，明天再来吧”之类的鸡毛蒜皮；这是娜塔莎的人生，是我的人生。

我站了起来。“你明明可以再努把力。”我说。我敢打赌，他与秘书小姐的风流韵事跟现在的局面脱不了干系。我敢打赌，整整一天，他对太太孩子并不守信，对娜塔莎也一样。

“听着，我知道你心里不好受。”他的口吻风平浪静，仿佛他在努力让我冷静下来。

但我并不打算冷静。我伸出双手撑上办公桌，前倾身子。“一定还有别的办法可想。她父亲犯的错，不该算到她的头上。”

律师把椅子从办公桌边朝后挪了挪。“抱歉。国土安全部不喜欢签证过期滞留在美国的人。”

“但当时她只是个小孩子，她别无选择。总不能让她说‘老爸，老妈，我们的签证过期了，应该立刻回牙买加’吧？”

"都不重要，法律有底线。他们上次上诉被驳回了，唯一的希望在法官身上。假如他们今晚离开美国，那她仍有一丝希望在几年后重新申请美国签证。"

"可美国是她的家，"我放声高喊，"她出生在哪里并不重要。"还有些话我没有说出口——她是属于我的。

"我也希望能帮上忙。"律师说。他又轻抚着眼睛上方的创可贴，看上去确实颇怀歉意。或许，我真的看错他了，或许，他真的尽力了。

"我本来打算，等你的面试结束，就给她打电话。"律师说。

等你面试结束。我已经彻底忘到了脑后：这次会面原本是我申请耶鲁大学的入学面试。"你打算给她打电话，直愣愣地在电话里通知她？"我说。

"如何得知消息，对她来说很重要？"律师皱起了眉头。

"当然很重要。"我说。我不希望娜塔莎从电话中、从某个几乎素不相识的人嘴里听到她一生中最难以承受的噩耗。"让我代劳好了，我会转告她。"我说。

律师摇了摇头。"我不能让你这么做。这是我的职责。"

我只是呆坐在那儿，一时不知该怎么办才好。我的嘴唇不时抽痛，身上挨了查理一拳的地方痛得厉害，心中装着娜塔莎的地方也痛得厉害。

"抱歉，孩子。"律师又说一遍。

"假如她不上飞机，那又怎么样呢？假如她留下来，那会怎么样？"我已经孤注一掷。为了让她留下，违法的代价似乎微不足道。

律师再次摇摇头。“无论是否以律师的身份，我都不建议这么办。”

我必须找到娜塔莎，抢先告诉她。当听闻噩耗时，我不希望她孤身一人。

我迈出律师的办公室，来到了空荡荡的接待室。律师助理小姐依然不见踪影。

律师跟了上来。“就这么结束了？”他问道，“你不打算继续面试下去了？”

我没有停下脚步。“刚才你也亲口说过，我并不真心在乎耶鲁。”

他伸出一只手握住我的手臂，我不得不转过身，面对着他。“听着，我知道我刚刚说过，趁年轻可以乱来，不过，耶鲁大学不是无足轻重的小事。念耶鲁可以为你开启一扇又一扇大门，我本人就受益匪浅。”

也许，菲茨杰拉德律师没有说错。也许，我纯属目光短浅。

我环顾着他的办公室。要等到多久以后，施工才会结束？要等到多久以后，他才会再雇一位律师助理？

我朝着律师助理小姐办公桌的方向抬起了下巴。“你做了所有该做的事，可惜你依然不开心。”我说。

律师再次轻抚着眼睛上方的创可贴，目光没有落在她的办公桌上。他显得一脸倦意，但不是睡觉能赶走的那种疲倦。

我告诉他：“假如现在不走，我一辈子都会后悔。”

“再等半小时，等到结束这场面试，好吗？”律师不肯松口。

难道他真要逼我说出口，眼下一分一秒都至关重要？

“时间是关键，菲茨杰拉德先生。”我告诉他。

他终于转身背对着我，凝望着那张空荡荡的办公桌。

“不过，你早已经一清二楚。”我说。

jeremy fitzgerald

杰瑞米·菲茨杰拉德

童话史
第二部分

杰瑞米·菲茨杰拉德告诉丹尼尔的并非实情。杰瑞米·菲茨杰拉德没能阻止娜塔莎被驱逐出境，原因是他错过了与法官约好的时间，而法官原本可以撤销娜塔莎的自愿离境令。杰瑞米错过了预约时间，则是因为他爱上了汉娜·温特，当天，他没有去见法官，却与汉娜在酒店共度了一个下午。

随后一个星期，孤零零一个人待在尚未完工的办公室里，杰瑞米不时想起丹尼尔·裴。他记起丹尼尔那句“时间是关键”，他清楚记得丹尼尔破了的嘴唇和染血的衬衣，他也记得，比起丹尼尔得知娜塔莎无法留美时那张心如死灰的面孔，一切显得多么微不足道。丹尼尔好像拿到了一枚手榴弹，将他的人生炸得支离破碎。

随后一个月里，杰瑞米告诉他的太太，他不再爱她了。为她和孩子们着想，他还是离开的好。他给汉娜·温特打去了电话，向她许下了承诺，并一一兑现。

杰瑞米的儿子多年漂泊不定，始终没有成家，没有生儿育女，也没有原谅背叛妻儿的父亲。杰瑞米的女儿与自己的第一任女友玛丽结了婚，却又时常疑神疑鬼，从而给自己的第一次婚姻画上了句号。在此之后，她再也没有遇见像玛丽那样深爱着她的人。尽管她又结了两次婚，她却也再没有像深爱玛丽那样爱上任何人。

至于杰瑞米与汉娜的子女，他们长大成人后，却爱得简单而直白——那些一向熟知爱从何来，且并不畏惧失去爱的人，便会用这种方式去爱。

上述一切，并不代表杰瑞米·菲茨杰拉德的做法是对还是错。它只揭示了一件事：爱总能改变一切。

hannah winter

汉娜·温特

童话史

第二部分

他们从此过上了幸福的生活。

natasha

娜塔莎

太阳已经落山，气温降了不少。不难想象，寒冬转眼将至。看来必须费点劲把我那件又笨又重的黑大衣和靴子翻出来了。我裹紧了身上的夹克，寻思着再进楼回大厅去，毕竟楼里暖和嘛。我刚刚迈步向大厅走去，丹尼尔却适时踏出了大厦的玻璃推拉门。

他一眼望见了我，我本以为他会露出微笑，谁知道他却板着一张脸。他的面试究竟糟到了什么地步？

“出了什么事？”一走到他身旁，我劈头就问。我胡思乱想着最不堪的情形：比如，丹尼尔和面试官吵了一架，结果丹尼尔被禁止申请任何一所大学，他的前途也毁于一旦。

丹尼尔伸手抚上我的脸颊。“我真的很爱你。”他说。他不是在开玩笑；这句话跟我们无聊的打赌没关系。听丹尼尔的口吻，仿佛是在对某个命在旦夕或无法再见的人告白。

“丹尼尔，怎么啦？”我将他的手从脸颊上拨开，但又握住了它。

“我爱你。”他又说一次，用另一只手抚上我的脸颊，“你说不说‘我爱你’都不要紧，我只是想让你知道。”

我的手机响了。是律师办公室的号码。

“别接。”丹尼尔说。

我当然要接。

丹尼尔碰碰我的手，想要拦住我。“拜托不要接。”他又说一遍。

现在我有点儿害怕了。我摁掉了电话。“刚刚在楼里究竟出了什么事？”

丹尼尔紧紧闭上了双眼。他又睁开眼睛，眼中盈满了泪水。“你不能留下来了。”他说。

刚开始，我没有听懂。“怎么啦？大楼晚上要关门吗？”我四处张望，寻找着要来赶人的保安。

泪珠从丹尼尔的脸颊滑落下来。我感觉脑子里一团乱麻。我从他的掌中抽回了手。

“你的面试官叫什么？”我轻声问道。

他点了点头。“我的面试官就是你的律师。”

“菲茨杰拉德？”

“对。”他说。

我取出手机，再次审视着来电号码，却依然不愿意听懂丹尼尔刚才的话。“我一直在等他的电话，他提到我的事了吗？”

我已经心知答案。我一清二楚。

丹尼尔好不容易才把话说出口。“他说，他无法取消命令。”

“但他刚才明明说可以办到。”我不肯松口。

丹尼尔捏了捏我的手，将我拉向怀中，但我不愿意。我不想被哄，我想弄个明白。

我躲开了丹尼尔。“你确定？你们为什么会谈论我的事？”

丹尼尔用手抹了把脸。“他和他的律师助理正在闹矛盾，你的卷宗就摆在他的办公桌上。”

“那也无法解释……”

丹尼尔再次捉住了我的手。我用力挣脱。“住手，通通打住！”我喊出了声。

“对不起。”丹尼尔说着放开了我。

我又后退一步。“拜托告诉我律师的原话。”

“他说，驱逐令依然有效，你和你家人最好还是今晚离开。”

我转过身，打开了手机语音信箱。是他的留言——菲茨杰拉德律师。他让我给他回电；他说，有个坏消息。

我挂断了留言，默默无言地凝望丹尼尔。他开口说话，但我只想他停下，我只想整个世界停止运行。太多的事由不得我做主。我只觉自己恰似置身一个出自他人之手、极为复杂的鲁布·戈德堡机械装置之中。我不知道该装置的触发机制，我不知道接下来会发生什么。我只知道，一切正纷至沓来，一发不可收拾。

daniel

丹尼尔

心不会碎

不过是诗人们危言耸听

心

又不是

玻璃

或骨骼

或任何可能

分

崩

离

析

之物

心

不会

破碎

不会

开裂

心不会碎

不过是骤然停止跃动

是另一个时代的旧表，修不了，补不好

natasha

娜塔莎

我们坐在喷泉旁，丹尼尔握着我的手，他的西装外套披在我的肩头。

他果然是可堪厮守的恋人。他只是无法与我厮守。

“我得回家了。”我对他说。半个多小时之间，这是我开口说的第一句话。

丹尼尔又把我朝身边拉近，我终于不再挣扎了。他的双肩如此宽阔而结实，我把头靠了上去——果然跟我很搭。今天早上我已经猜到，现在我更是心里有数。

“我们该怎么办？”丹尼尔低声说。

我们有电邮、有短信、有即时通信软件，也许还可以去牙买加。但即便在脑海中罗列着种种可能，我也心知自己不会照办。他与我各有各的人生。如果我的人生在牙买加，我不能将自己的心留在美国。而他的未来在美国，我也不能将他的心带走。

我从他的肩上抬起了头。“你的面试怎么样？”

他摸摸我的脸颊，又把我的头扶回他的肩膀。“律师说，会推荐我。”丹尼尔答道。

“太棒了。”实在假装不出一丝激动。

“是啊。”丹尼尔说，兴奋程度不亚于我。

我很冷，但我不想动。一动便会引起连锁反应，并以我登上飞机告终。

又过了五分钟。

“我真的该回家了，”我说，“飞机十点起飞。”

丹尼尔取出手机查了查时间。“还有三个小时。你们的行李都收拾好了吗？”

“收拾好了。”

“我跟你一起走。”丹尼尔说。

我的心一阵狂跳。有那么一瞬间，我竟糊涂到以为丹尼尔是要跟我一起去牙买加。

丹尼尔读懂了我的眼神。“我是说，一起回你家。”

“我明白你的意思。”我凶巴巴地答道，突然感到愤怒、蛮不讲理，“我觉得不是个好主意。我父母在家，我还有一大堆事情要办，你只会碍手碍脚。”

丹尼尔站起身，伸手握住我的手。“我们不要这样。我们不吵架。我们别假装这不是最糟糕的事，因为这就是。我们不分道扬镳，除非万不得已。我会和你一起去你家。我会去见你父母，我会讨得他们的欢心，我也不会揍你爸。相反，我会瞧瞧你看上去是像老妈多些，还是像老爸多些。你家小弟会有小弟的样子。或许，我还能有幸听到你这一整天都没有在我面前暴露半分的牙买加口音呢。我想看看你睡觉、吃饭和生活的地方，然后希望能早一点儿认识你。”

我刚要插嘴，他却又说了下去。“我会跟你一起去你家，接着我们一起坐出租车去机场，就我们两个人。接着我会亲眼望着你登机，感觉到我的心活生生被剜了出来，接着我会在余生中反复思考：假如今天不是一步步走到了此刻，那会怎么样呢？”

他顿了顿，深吸一口气。“你觉得这样可以吗？”他问道。

daniel

丹尼尔

她答应了。

我尚未做好准备说再见。

我永远也无法做好准备说再见。

我牵着她的手，我们默不作声地走向地铁站。

她的肩上背着包，我又望见了“机械之神”的字样。

我们真是今天早上才刚刚相识吗？也就是我还在打算随风而行的今天早晨？

若是真有上帝，我愿意赴汤蹈火。

头条新闻：因为一个无人留心而又诡异的法律漏洞，本地少年在最后一刻大败美国国土安全部移民局和海关执法局，从此与他的真爱幸福地生活在一起。下面请看现场追踪报道：挽留正在登机的女孩。

可惜的是，上述一切并非事实。

整整一天，我都认定她与我是命中注定的一对。

所有人物，所有地点，所有巧合，无一不是在将我们送往长相厮守之路。可惜的是，这也许并非事实。假如我们之间的恋情命中注定只有一天，那怎么办？假如我们不过是对方人生路上的一站，而那条路终将通往他方，那怎么办？

假如我们只是他人生活中的一个插曲，那又怎么办？

natasha

娜塔莎

“你知道牙买加是世界上谋杀率第六高的国家吗？”我问丹尼尔。

我们在驶向布鲁克林的地铁Q线上，车厢里挤满傍晚通勤的人们，丹尼尔和我紧攥扶手杆站着。丹尼尔的一只手搁在我的后背上。自从我们离开律师所在的办公楼，他的手就没有从我身上拿开过。仿佛他一直紧攥不放，我就不会搭上航班远走高飞。

“另外五个国家是？”他问道。

“洪都拉斯、委内瑞拉、伯利兹、萨尔瓦多和危地马拉。”

“哦。”他说。

“你知道牙买加依然是英联邦成员国吗？”

不等丹尼尔回答，我抢先开了口。“我是英女王的臣民呢。”假如地铁里有空间容我行个屈膝礼，我真会行个礼。

地铁“嘎吱嘎吱”地停了下来，上地铁的人比下地铁的人多。“还有什么小知识能告诉你？牙买加人口有290万，据称其中1%至10%属于拉斯塔法里教徒，20%牙买加国民生活在贫困线以下。”

丹尼尔又凑近了些，我几乎整个人都在他的怀中。“跟我讲一件你记得的好事情吧，”他说，“别说事实。”

我不愿意满怀乐观，我不愿意去迎合眼前全新的未来。“我八岁时就离开牙买加了，记不得太多。”

“不记得你的家人？表兄妹呢？朋友呢？”丹尼尔追问道。

“我记得有亲友，但我跟他们不熟。每年圣诞节，老妈都逼着我们和亲戚通电话，结果他们总拿我的美国口音开涮。”

“只要一件就行。”丹尼尔说。

现在看来，他的眼眸成了深棕色，几近墨色。“你刚搬到美国的时候，最怀念的是什么？”

我几乎想也不用想。

“是海滩。这里的海很有点怪，蓝得不太对劲。海水太凉，海浪太急。牙买加位于加勒比海地区，海水碧蓝，风平浪静。你往海里迈出好长一截路，海水却也只及腰间。”

“听起来真不赖。”丹尼尔说。

他的声音有些发抖。我不敢抬头——要是我胆敢抬头望他，我们会一起在地铁车厢里哭出来。

“想把第三类问题答完吗？”我问道。

丹尼尔取出手机。“第29问：将你生活中的尴尬一刻告诉对方。”

地铁又停了；这一次，下去的人比上来的人多。车厢里空了不少，但丹尼尔依然紧挨着我，仿佛车厢里并没有多少空间。

“刚才在唱片店遇见罗博的时候，就很尴尬。”我说。

“是吗？你看上去不是尴尬，只是生气。”

“不动声色是我的强项，跟我认识的某人大不一样。”我说着用肩膀捅捅丹尼尔。

“但你为什么会觉得尴尬？”

“他劈腿，每次见到他们俩在一起，我都觉得，也许是自己不够好吧。”

“他就是那种人，跟你半点关系都没有。”丹尼尔紧握我的手不放开，我喜欢他一本正经的劲头。

“刚才我打电话给罗博，问他当时为什么劈腿。”

丹尼尔吃了一惊。“是吗？他怎么说？”

“他什么都想要。”

“混蛋。要是再见到那小子，我就给他点颜色瞧瞧。”

“你是尝到了打架的甜头吗？”

“我是个斗士，不是个情圣。”丹尼尔干脆篡改了迈克尔·杰克逊的歌词，“你父母在乎他是白人吗？”

“我父母从来没有见过罗博。”我无法想象领着罗博去见父亲的情形。看着他们俩聊天，恐怕会无比煎熬。再说，我十分不愿意让罗博见到我家所住的公寓有多小。依我看，我终究并不希望罗博了解我。

不过，换成丹尼尔，情形却有所不同。我希望他知道我的一切。

灯光闪烁着熄灭了，立刻又亮了起来。丹尼尔捏了捏我的手。“我父母只希望我们兄弟俩和韩裔女孩约会。”

“你可没有乖乖听父母的话。”我开玩笑道。

“哦，我又不是已经约会过一大堆女孩。也就一个韩裔女生嘛。至于查理，除了白人女生，他简直活像对其他族裔过敏一样。”

地铁上下颠簸，我伸出双手攥住扶手杆。“你想不想知道你哥的秘密？”

丹尼尔伸手覆上我的手。“什么秘密？”

“他不是很喜欢自己。”

“真的？”丹尼尔思索着——丹尼尔盼着某个理由，好解释查理为什么会变成这种人。

“相信我。”我说。

地铁“吱嘎”尖响着绕过一段长长的弯道。丹尼尔单手扶住我的后背，以免我摔倒。他一直没有抽开那只手。“为什么你父母只喜欢韩裔女孩？”我问道。

“他们觉得，他们摸得透韩裔女生的心思，就算在美国长大的韩裔女生也一样。”

“但这类女孩身上既有韩国味，也有美国味啊。”

“我可没说他们的看法讲得通。”丹尼尔笑道，“你父母在乎你的约会对象是什么人吗？”

我耸耸肩膀。“我从来没有问过。我猜，他们可能更希望我嫁给黑人吧。”

“为什么？”

“跟你家的理由一样。不知道什么原因，总之他们更能理解黑人男生，黑人男生也更能理解他们。”

“可是，天下黑人又不是都一个样。”丹尼尔说。

“韩裔女孩也各个不同。”

“父母有点蠢。”丹尼尔半开玩笑道。

“我觉得，他们认为自己是在保护我们。”我说。

“保护我们不受哪种伤害？坦白讲，谁还会在意这些破事？都什么年代了，他们不至于还这样吧。”

“或许我们的孩子能够做到。”我说。话刚出口，我便后悔不已。

灯光又灭了，地铁停下一动不动，停在两站之间。我全神贯注紧盯着隧道里安全灯发出的橙黄色光芒。

“我指的不是我们俩的孩子，”对着一片黑暗，我说，“我指的是下一代年轻人。”

“我明白你的意思。”丹尼尔语气平静。

想法一旦说出了口，通通无法收回。丹尼尔和我的孩子会是什么模样？我感觉若有所失，而原本我并不知道自己竟然有所期待。

地铁驶入了运河街站，这是越过曼哈顿大桥之前、位于地下的最后一站。地铁门徐徐合上，丹尼尔和我都扭脸面对着车窗。等到地铁钻出隧道，首先映入我眼帘的便是布鲁克林大桥。黄昏刚过，大桥悬索上亮起了点点灯光。

我的目光追随着那划过天际的长长的弧线。夜色中的大桥美轮美奂，但每每让我惊叹不已的，却是纽约的天际线。它看似一座由玻璃和金属制成、高耸入云的雕塑，一件经由机械打造而出的艺术品。远远望去，纽约显得井井有条、规划有序，仿佛城中一切都是为了一个目标一次性打造而成。只不过，当你置身其中，这座城却仿佛一片混乱。

我回想起刚才与丹尼尔待在楼顶的时刻。当时，我遥遥设想着初建之时的纽约，至于此刻，我开始设想末日的样子。灯火暗淡，玻璃落尽，只余下万栋楼宇的钢筋铁骨，最终化为铁锈碎屑。街道湮灭无踪，野草丛生，野兽泛滥。纽约城，美丽而又破败。

地铁又钻回了隧道。我心里明白：我将会把每个城市的天际线与纽约作比，正如我将会把每个男孩与丹尼尔作比。

daniel

丹尼尔

“你最尴尬的一刻又是什么？”大桥从视野中消失时，娜塔莎问道。

“你在开玩笑，对吧？你不是在现场吗？我爸劝你换个发型，而我哥拿我的那个尺寸开玩笑？”

她哈哈大笑。“确实惨不忍睹。”

“就算重活千百遍，那也会是我所遇到最尴尬的破事。”

“那可说不好。你爸和查理说不定能想出高招，更上一层楼呢。”

我呻吟一声，抚摸着后颈。“人类真该生来就自带一张‘家庭重置卡’。到了十六岁，你将获得一次机会评估自身处境，然后可以选择留在现有家庭，或者换一批家人洗牌重来。”

娜塔莎捉住我那只轻抚后颈的手，紧握不放。“你能选择自己的家庭成员吗？”她问。

“没得选，只能碰运气。”

“这么说，某天你就凭空出现在某户素不相识的人家门口？”

“我还没有把细节全都定好，”我告诉她，“或许一旦选择重来，你会重新投胎到另一户人家？”

“那原来那个家的家人会以为你死了？”

“是的。”

“但这也太残忍了。”她说。

“好吧，好吧。也许他们只是忘了你曾经存在过。不管怎样，我认为没有多少人会重新选择家庭。”

娜塔莎摇摇头。“我不同意，我觉得很多人会选换个家庭，这世上有些家庭确实很不堪。”

“你会换吗？”我问道。

她沉默了片刻，我聆听着地铁的韵律，等她拿定主意——在此之前，我还从未盼着地铁能开慢一些。

“我能不能把我的卡给那些真正需要它的人？”娜塔莎问。我知道，她想起了自己的父亲。

我在她的秀发上吻了吻。“你呢？你愿意留在现有家庭？”她问我。

“我能不能用卡把查理踢出家门？”

娜塔莎展颜露出笑容。“也许配卡不是什么好主意。你能想象每个人都有能力摆弄别人的人生吗？那还不乱成一锅粥。”

毋庸置疑，这正是问题所在：我们已然手握那份影响彼此人生的力量。

natasha

娜塔莎

带丹尼尔来到我家所在的街区，感觉有些怪异——我竭力想透过他的眼睛去观望。刚刚去过颇为富足的曼哈顿中城，布鲁克林区我家所在的这一带显得更加穷困。长达六个街区的街道旁遍布着不少类型相差无几的商店，平时我会沿着这条街步行回家：街边有牙买加风味餐馆，防弹玻璃窗的中餐馆，防弹玻璃窗的酒水商店、折扣服装店和美容院。每个街区都至少有一家熟食/杂货综合店，橱窗上几乎贴满了啤酒和香烟海报；每个街区都至少有一家支票兑现店。一家又一家商店挤作一处，争夺着同一块地皮。

我暗自感激夜色：托它的福，丹尼尔不会看出一切有多萧条破败。但脑子里刚刚冒出这一念头，我立刻觉得很羞愧。

丹尼尔握住我的手，我们默默无言漫步了几分钟。我能感觉到人们投来好奇的目光，突然回过了神：要是跟丹尼尔在一起，这种目光恐怕会是常事吧。

“大家都在盯着我们看。”我说。

“因为你太美。”他毫不犹豫地答道。

“你也注意到了？”我追问道。

“当然注意到了。”

我在一家自助洗衣店灯火通明的店门口停下了脚步。我们身周是洗涤剂的味道。“你明白他们为什么看我们，对吧？”

“因为我不是黑人，你也不是韩裔。”夜色遮住了丹尼尔的脸孔，但我听得出他声音中的笑意。

“我可没开玩笑。”我垂头丧气地说，“你不觉得很心烦？”我说不清自己为什么非要追问。或许，我想证明：假如丹尼尔和我还能继续交往，我们承受得住这些目光。

丹尼尔将我的双手握在掌中。我们面对面伫立着。

“或许有点吧，”他说，“但是无关紧要。跟嗡嗡叫的苍蝇差不多，知道吧？讨人厌，不过不会要人命。”

“但你觉得他们为什么要盯着我们？”我想要一个答案。

丹尼尔将我搂进怀中。“我看得出，答案对你很重要，我也真心想给你一个答案。不过坦白讲，我不在乎原因。或许我很天真，但我半点也不在乎别人怎么看我们俩。我不在乎他们是不是把我们当成奇观，我不在乎其中的政治意味。我不在乎你父母是否赞成，我也真心不在乎我父母是否赞成。我在乎的是你，而且我相信，爱足以战胜一切胡扯。那些都是胡扯和自寻烦恼。什么文化冲突、文化保护、下一代的未来——百分百纯粹的瞎扯，纯属一派胡言，我拒绝回应。”

我在他的怀中露出了笑容。这个扎马尾辫的诗人男孩。我还从未料到，毫不在意竟能成为一种革命性的举动呢。

我们拐出大街，踏上一条小巷。我依然竭力透过丹尼尔的眼睛审视这个社区。我们经过了几排紧邻的隔板房，房屋不大，年深日久，但却色彩艳丽，保养得很精心，房屋门廊里的小摆设和悬挂的盆栽似乎比我记忆中多一些。

曾经有段时间，我妈眼巴巴盼着这样一套房子，盼得不得了。今年早些时候，飞来横祸还没有找上我家时，她甚至带我和彼得去看过一套待售房屋。那套房有三间卧室、一个宽敞的厨房，还有个地下室——老妈认定可以把它租出去补贴家用。深爱母亲的彼得清楚我家买不起这套宅邸，于是扮出了一副看不上眼的样子，非要挑三拣四。

“后院太小了，绿植死得一棵不剩。”彼得说。等到我们一行离开时，老妈的心情倒也没坏到哪里去。

丹尼尔与我又经过一个建有类似房屋的街区，沿街风貌再次变了样：周围大多数房屋变成了砖砌公寓楼，都是出租房。

我先给丹尼尔敲了敲警钟。“大家正在打包，家里乱得很。”

“不要紧。”他说着点点头。

“地方也很小。”我没有提起，我家只有一间卧室。反正他马上就会亲眼见到。再过几个小时，这里便不再是我的家了。

丹尼尔和我来到公寓楼时，住在2C的小姑娘们正坐在楼前台阶上。见到丹尼尔，她们很害羞，耷拉下了小脑袋，没有像平时那样跟我打招呼聊天。我在墙上悬挂的金属邮箱旁停下了脚步。我家没有收到信，只收到塞在邮箱门缝里的一张中餐外卖菜单。那家店倒是我爸的心头好，当初他把自己出演的戏剧门票给我们时，庆功宴正是从那家店定的。

楼里总有人在做菜，大厅闻上去香气四溢：黄油味、洋葱味、咖喱味，还有其他香料味道。我家在三楼，于是我领丹尼尔走了楼梯。与往常一样，一楼和二楼楼梯间的灯根本不亮，我们两人默不作声在黑暗中走到了三楼。

我们终于来到3A门前，我说了声："到了。"从某种意义上讲，现在领丹尼尔来见我的家人实在是太早了。假如我们能够相处得久一些，丹尼尔恐怕早已熟知我的所有点滴小事：他会知道，起居室里有一幅帘子，将彼得的房间和我的房间隔开。他会知道，星图是我最宝贵的珍藏。他会知道，假如我老妈好意请他品尝美食，那不管他已经吃得有多饱，都该把我妈给的东西吃个精光。

我不知该如何将一段又一段过往告知丹尼尔。相反，我又对丹尼尔说了一遍："家里乱得很哪。"

望着丹尼尔伫立在我家门口，竟让人感觉矛盾重重，透出几分怪异：他显得很搭，同时却又格格不入。我对他熟知于心，我们却又才刚刚相识。

丹尼尔与我的历史太过浓缩，我们竭尽全力将一生时光投入短短一天。

"要我把外套脱掉吗？"丹尼尔问，"穿着这套衣服，我感觉自己像个傻瓜。"

"你不必紧张。"我说。

"我马上就要见你父母，现在是紧张的合适时机。"他解开外套的纽扣，但没有把它脱下来。

我摸摸他唇上的瘀青。"好消息是：你大可想怎么搞砸就怎么搞砸，反正你很有可能再也不会跟他们见面。"我说。

丹尼尔露出了一抹哀伤的笑容。我不过是尽力让大家好过些，而丹尼尔一清二楚。

我从背包里取出钥匙，开了房门。

屋里所有的灯都亮着，彼得把舞厅雷鬼乐放得震天响，我简直能感觉自己的心怦怦乱跳。门后摆着三只已经收拾妥当的行李箱，另外两只箱子则敞开着放在一边。

我一眼望见了老妈。“赶紧关掉音乐。”一见到我，她便开口吩咐彼得。彼得照办了，突如其来的沉默来势汹汹。

老妈向我转过身。“上帝呀，塔莎。我给你打电话打了一遍又一遍……”

过了片刻，她才注意到丹尼尔。她闭了嘴，目光在我与丹尼尔之间来回了好长一阵。

“这是谁？”她说。

daniel

丹尼尔

娜塔莎把我介绍给她母亲。

“他是我的一个朋友。”娜塔莎说。我敢肯定，“朋友”二字出口之前，我听出她犹豫了一下。娜塔莎的母亲也听出来了，她端详我的眼神活像我是个外星昆虫。

“很遗憾在这种情况下认识您，金斯利夫人。”我伸出手，想要跟对方握手。

她向娜塔莎抛去一个眼神（差不多是“你怎么能给我找这种麻烦”的意思），接着在长裙上擦了擦手，匆匆握了握我的手，又匆匆冲我一笑。

娜塔莎领着我从拥挤不堪的小走廊来到起居室——至少，我认为这是一间起居室。地板上皱巴巴地堆着一块亮蓝色布帘，一根细绳将房间一分为二。我注意到房间里的家什通通都有两份——沙发床、抽屉柜、书桌。这是他们姐弟的卧室吧，娜塔莎和彼得共用的卧室。当娜塔莎提起她家“很小”的时候，我没有意识到，她的言下之意是她家很穷。

她身上还有许许多多我不了解之处。

她的小弟向我走过来，面露笑容伸出了手。他留着“脏辫”，有着我所见过最为友善的面孔。

“塔莎还从来没把男生带到过家里呢。”他说。他那富有感染力的笑容更加灿烂了。

我也对他咧嘴一笑，握了握他的手。娜塔莎与她母亲毫不掩饰地打量着我们。

“塔莎，我得跟你谈谈。”娜塔莎的妈妈说道。

娜塔莎并未将目光从彼得和我身上挪开。我不知道她是否在想象彼得和我成为好友的一天。我知道的是，我反正在想象彼得和我成为好友的一天。

娜塔莎转过身，面对着她的母亲。“是要谈丹尼尔吗？”她问。

她妈妈噘起了嘴，噘得不能再厉害了。

“塔莎……”她说。就连我也能从她的口吻中听出“老妈快要发飙了”的凶兆，娜塔莎却没有理睬。

“如果是要谈丹尼尔，我们可以就在这里谈。他是我男朋友。”娜塔莎飞快地偷瞥了我一眼，询问我的意见，我点了点头。

正在这时，娜塔莎的父亲一脚迈进了正对我们的房门。

拜时空连续统异常所赐，老爸一整天都将时机掐得分毫不差。

“男朋友？”娜塔莎的父亲开了口，“你什么时候冒出个男朋友了？”

我转身审视着来人。对于刚才提出的“娜塔莎究竟像老妈多些还是像老爸多些”一问，现在我算是找到了答案。她简直是她父亲的翻版，只不过换成了漂亮女孩版本。

再抹去满面愁容。我还从未见过比娜塔莎父亲此刻脸上更深刻的不满。

他的牙买加口音很重，因此我过了片刻才反应过来。“你整整一天都在忙这事，而不是帮家里人收拾行李？”娜塔莎的父亲一边责问，一边向房内迈了进来。

除了娜塔莎告诉我的只言片语，我并不清楚他们父女二人的纠葛，但我能从她脸上的神情看出一二。那是怒火、委屈和难以置信。尽管如此，作为一个好好先生，我却依然不希望他们父女吵起来。我伸手轻轻抚上娜塔莎的后背。

“我没事。”娜塔莎轻声对我说。我能看出，她正蓄势待发。

她摆出了开战的架势。“整整一天，我都忙着弥补你闯的祸，千方百计不让我们家被撵出美国。”

“在我看来根本不是那回事。”娜塔莎的父亲反驳道。他向我转过身，眉头锁得更紧了，“你知道现在的形势吧？”

他竟然跟我搭话，吓了我一大跳，只能点了点头。

“那你应该清楚，现在可不是陌生人上我家来的时候。”他说。

娜塔莎挺直了腰。“他不是什么陌生人，”她说，“他是我的客人。”

“这还是我家呢。”娜塔莎的父亲说着也直起了腰。

“你家？”娜塔莎的声音很响，显得难以置信。无论之前她在隐忍些什么，此刻已经荡然无存。她迈步走到起居室正中，张开双臂，转了个圈。

“我们一家在这套公寓里窝了整整九年，因为你认定自己分分钟会时来运转，这下成了你家？”

“宝贝，现在翻一堆陈年旧账，有什么意思呢？”娜塔莎的母亲伫立在门口，插嘴说。

娜塔莎开口想要说些什么，却又闭上了嘴。我看得出：她泄气了。“好吧，妈妈。”她把到了嘴边的话又咽了下去。我不禁好奇：为了她的母亲，她已经把话咽回去了多少次？

本以为这一架就此收场，谁知道我错了。

“不，”娜塔莎的父亲开了口，“不不不。我倒想听听她要对老爸说些什么。”他跨开两腿，在胸前抱起了双臂。

娜塔莎也做着同样的动作，两个人像是在照镜子一样。

natasha

娜塔莎

为了老妈，我本来会忍下那口气——我不经常这么做吗？就在昨晚，老妈还叮嘱，我们一家四口必须团结。

“刚开始会很辛苦。”她说。我们不得不先跟外婆住到一起，直到我们赚够钱自己租房。“从来没有想过，我的人生竟会落到如此地步。”老妈睡前告诉我。

假如没有遇见丹尼尔，我本来会忍下那口气。假如丹尼尔没有在我即将失去的宝贝中添上浓墨重彩的一笔，我本来会忍下那口气。假如我父亲没有装腔作势地用牙买加口音挑衅我，我本来会忍下那口气。对他来说就是再演一出戏罢了。要是他开口讲话，你恐怕会认定他从未离开过牙买加，仿佛过去九年从未发生过一样。他相信虚伪的人生，但我受够了。

“我听到你表演之后对老妈讲的话了。你说，我们是你最大的遗憾。”我说。

他顿时泄了气，脸上的愁容一扫而光。我说不清取而代之的是什么表情，但那副表情看似出自真心。终于，他好歹给出了一份真实。

他想要开口，但我还没有说完。“很遗憾，生活没有把你想要的一切通通给你。”话一出口，我意识到自己没开玩笑。我已深知失望的滋味，我能理解失望有可能贯穿一生。

“我只是说说而已，塔莎，随口一说嘛。不过都是……”

我抬起手，免得他继续辩解——我可不想听他辩解。“我也想告诉你一声，上次你演戏演得十分出色，精彩绝伦，光芒四射。”

这一下，他的眼中泛起了泪光。我不知道是因为我夸了他，还是因为他真心追悔。

“也许你没有说错，”我继续说道，“你本来就不该有家庭。也许真的是命运辜负了你。”

他摇着头，表示我说得不对。“我只是随口一说，塔莎，不是认真的。”

只可惜，他当然是认真的。他是真心的，也不是。二者皆有吧。

“无论你说的是不是真心话，都不重要。这是你的人生，不是暂时的，不是装模作样，也没有重来的可能。”我听上去活像丹尼尔。

当初偷听到父母的谈话，最不堪的一点在于：它将我对父亲的美好回忆通通击得粉碎。一起看板球赛的时候，他曾后悔生下了我吗？我们一家终于在机场团聚，而他将我紧紧搂在怀中的时候，他曾后悔生下了我吗？我降生人世的那一天，他曾后悔生下了我吗？

泪珠从他的脸颊串串滚落。亲眼见到父亲流泪，远比我想象中更为痛楚。可惜的是，还有句话我不得不说。

“你不配后悔。”我说。

他闷哼一声——我明白了一生的痛苦是什么样的。

人们总在犯错。有的是小错，比如你结账时排错了队，排到了某位带了上百张优惠券、带了支票簿的女士后面。

有的错不大不小，比如，你去念了医学院，而不是追寻挚爱。

有些时候，你则会犯一些弥天大错。

你举手投降。

我一屁股坐到了沙发床上。我比意料中更加精疲力竭，却没有意料中那么怒火万丈。“等我们回到牙买加，你至少得努把力吧。继续去试镜，再对妈妈好一点。她竭尽了全力，她累了，你欠我们这份情。你不能再活在自己的幻想世界里了。”我说道。

母亲哭出了声。彼得走过去，一头扎进她的怀中。父亲迈步走向他们两人，母亲也揽他入怀。他们三人搂作一团，转身望着我，示意让我加入。我先向丹尼尔扭过了头。他将我拥得如此之紧，仿佛我们已经开口说起了“再见”。

daniel + natasha

丹尼尔 & 娜塔莎

的士司机把娜塔莎的行李放进了后背厢。彼得和娜塔莎的父母已经先行一步搭另一辆的士去了机场。

在车里，娜塔莎将头倚上了丹尼尔的肩。她的秀发害得他鼻子发痒——真希望能有更多时间去熟悉这种感受啊。

“你觉得我们有未来吗？”她问他。

“有。”他毫不犹豫地回答，“你呢？”

“有。”

“你总算回心转意了。”他的声音中透出一丝笑意。

“对你父母来说，有多难接受？”她问道。

“要花不少时间，尤其是我爸。我们的婚礼他们恐怕不会出席。”娜塔莎的脑海中随之闪现出婚礼当天的一幕幕：眼前是一片海洋。丹尼尔身穿燕尾服，帅气逼人。她的手轻抚他的脸孔，抚去他父母缺席带来的哀伤。当她终于开口说出“我愿意”，他的脸上洋溢着喜色。

“你想要几个孩子？”那令人心碎、想象中的未来图景消散后，娜塔莎问道。

"两个。你呢？"

她从丹尼尔的肩上抬起头，犹豫了一下，坦言道："我不知道自己是否想要孩子。你能接受吗？"

她的回答出乎丹尼尔的意料，他花了片刻才回过神来。"应该可以，我不知道。也许将来你会改变主意，也许将来我会改变主意。"

"我有话要跟你说。"她再次将头倚上了他的肩。

"说什么？"

"你不该去当医生。"

丹尼尔扭过头，冲着她的秀发微微一笑。"不是说要务实吗？"

"实用被高估了。"她说。

"你还要当个数据科学家吗？"

"我不知道，也许不会。如果能充满激情地做事应该挺不错。"

"短短一天，真是翻天覆地的改变！"丹尼尔叹道。

两人都默不作声：有什么可说呢？今天已经风波不断了。

娜塔莎打破了沉默。"话说回来，我们还剩下多少问题没回答？"

丹尼尔取出手机。"第三类还剩两个问题。另外，我们还要彼此对望四分钟。"

"'彼此对望四分钟'，简直跟干脆在车里亲热有一拼。"娜塔莎说。

前排车座上，的士司机米格尔忍不住插了嘴："你们知道我能听见，对吧？"他从后视镜里瞥瞥两人。"还能看见。"他笑道，"有些人以为我听不见，看不到，但我不是。跟你们说清楚。"

他再次笑，娜塔莎和丹尼尔忍不住一起笑起来。

但两人的笑声越来越低，现实再度向他们逼近。丹尼尔捧起娜塔莎的脸孔，两人温柔地吻着。一切仿佛没有边，他们感到身上发热，不知道该拿自己的双手怎么办——那双手似乎本来只应轻抚彼此。

米格尔一句话也没有说。他也曾经心碎，他深知伤心是什么模样。

丹尼尔先开了口。“第 34 题：着火了你要救什么？为什么？”

娜塔莎思索了一下：在她眼中，整个世界已经像是被夷为了平地。而她想要挽救的那件宝贝，她却无力救回。

她回答丹尼尔的是：“我暂时没有想好，但我会给你一个答案。”

“也行。”丹尼尔回答，“我的答案很简单。救我的笔记本。”

他说着摸了摸外套口袋，以确保笔记本没丢。

“最后一个问题，”丹尼尔说，“在所有家人当中，谁去世会让你最为困扰？原因何在？”

“我爸。”

丹尼尔注意到：这是娜塔莎第一次当自己的面直呼“我爸”，而不是“我父亲”。

“为什么？”他问道。

“因为他还有很多事需要弥补。你呢？”

“你。”丹尼尔回答。

“我可不算你的家人。”娜塔莎说。

“你算。”丹尼尔一边回答，一边回想娜塔莎今天提过的“多重宇宙”。在另一重宇宙中，他们两人结了婚，有两个孩子，或者没有孩子。“你不必也把我当作是家人，我只是想告诉你一声。”丹尼尔说。

有些话要对他讲，可惜的是，娜塔莎不知该从何讲起、如何讲起。也许，这正是丹尼尔想当诗人的缘由——这样一来，他便能找到恰当的字眼。

“我爱你，丹尼尔。”到了最后，她说。

丹尼尔冲她展颜一笑。“看来那份问卷很管用啊。”

娜塔莎露出了笑容。“科学万岁。”她说。

片刻过后。

“我知道，”丹尼尔终于开了口，“我早就知道了。”

four minutes

四分钟

恋爱史

丹尼尔将手机计时器设为四分钟，又将娜塔莎的双手握在掌中。

本项实验里，双方该牵手吗？丹尼尔不确定。据研究报道称，“四分钟对望”是坠入爱河的最后一步。但假如双方已经坠入了爱河，那怎么办？

刚开始，双方都感觉傻到家了。娜塔莎恨不得高喊出声：也太蠢了吧。两人的脸上露出无助、几乎算是尴尬的笑容。

娜塔莎干脆扭开了头，丹尼尔却捏了捏她的手，意思是说：一起来。

到了第二分钟，两人感觉没那么别扭了，脸上的笑容也渐渐消失，转而审视着对方的面容。

娜塔莎想起自己上过的AP生物课，想起关于眼睛、眼睛视物的原理：丹尼尔这副面容的光学影像正被传至她的视网膜，她的视网膜将上述影像转化成电信号，她的视神经又将上述信号传至她的视觉皮层。

她心下了然：她将永远不会忘记他的脸孔。清澈的棕色眼眸是何时变成了自己的最爱，她也将一清二楚。

至于丹尼尔，他正绞尽脑汁寻找恰当的字眼，描绘她明亮的眼睛：集明亮与黑暗于一体，好像是有人用一块厚厚的黑布遮上了一颗明亮的星辰。

到了第三分钟，娜塔莎回味着今天一天的遭遇，回味着将两人带至此刻的一步又一步。她的眼前闪过移民局的大楼，闪过那位有点怪异、把玩她手机的门卫，闪过好心的莱斯特·巴恩斯，闪过顺手牵羊的凯莉和罗博，闪过与丹尼尔相遇的场景，丹尼尔救她一命的场景，去见丹尼尔老爸和大哥的场景，卡拉OK室里的场景，闪过那激情一吻，闪过博物馆、楼顶的场景，闪过一次次热吻，闪过丹尼尔转告她无法留在美国时的那张脸，闪过她父亲那张满是悔意、泪流满面的脸，闪过眼前的士中的一刻。

至于丹尼尔，他所思索的并非过去，却是未来：还有什么办法能让两人重回彼此身边？

到了最后一分钟，两人只觉痛彻心骨。痛楚占领了全身：组织、肌肉、血液、细胞，无不一一沦陷。

手机计时器“嗡嗡”响起。两人轻声向对方许下承诺，却也暗自疑心自己能否坚守：打电话吧、发电邮吧、发短信吧，再说还有国际航班呢。让花销见鬼去吧。

“不可能只有这一天。”丹尼尔说了一次，接着又说两次。

娜塔莎没有说出心中所想：命中注定并不一定代表永远。

两人吻了又吻。等到终于脱出对方的怀抱，他们又另有所悟。他们有种感觉：一天可长可短，你永远无法在开初望见结局。他们有种感觉：爱无时无刻不在改变一切。

这便是爱的意义所在。

natasha

娜塔莎

我凝望着窗外，老妈握住了我的手。“塔莎，一切都会没事的。”她说。我们两人都心里有数：与其说这是个承诺，不如说是种希冀，但尽管如此，我却也照单全收。

飞机上升，我所熟知的世界也随之远去。纽约的灯火渐渐化作了万千光点、地上繁星。其中一颗星，是丹尼尔。而我提醒自己，星辰的意义不仅仅是诗意。

若有必要，你可仰仗星辰指路。

daniel

丹尼尔

我的手机响了。是我父母第一百万次来电。等我回到家，他们只怕会大发雷霆——不过，那不要紧。

等到明年此时，我将会去往他方。我不知道会是哪里，但绝非此地。我不知道自己该不该念大学，但至少耶鲁不行，至少现在不行。

这是个错误吗？也许吧。但我有犯错的权利。

我抬头仰望天空，想象自己能望见娜塔莎搭乘的航班。

纽约的光污染太过厉害，人们无法望见星辰，无法望见卫星，无法望见小行星。有些时候，我们抬头仰望，可惜一无所获。

但有一点千真万确：茫茫夜空之万物，几乎通通都会发光。即使我们无法望见，光却依旧还在。

time and distance

时间和距离

实测史

娜塔莎与丹尼尔千方百计保持联络。有那么一阵，他们确实办到了。电邮、电话、短信，样样不缺。

可惜，时间和距离正是爱情的天敌。

再说，他们的日程也排得满满当当。

娜塔莎开始在牙买加首都金斯敦上学。按当地叫法，她念的是中学六年级，而不是十二年级。为了入读大学，她不得不备战“加勒比高级水平考试”和A等级考试。家里很缺钱，她不得不打工当服务生，补贴家用。她假装的牙买加口音最终以假乱真。她结交了一大帮好友。她学会了喜欢、继而学会了热爱自己出生的国家。

并非娜塔莎想对丹尼尔放手，她不得不放手。她无法同时生活在两个世界里，身在一处，心在另一处。她对丹尼尔放了手，以免自己被生生撕成两半。

至于丹尼尔，他念完了高中，却回绝了耶鲁。他搬出了父母家，打了两份工，半工半读念了亨特学院，主修英文，写了不少哀伤的小诗——不过，即使诗句写的并非是她，却仍然逃不开她的影子。

并非丹尼尔想对娜塔莎放手，他已经尽力坚持了，能撑多久，就撑多久。可惜，即使远隔万里，他却听出了她的声音绷得有多紧。从她新学的牙买加腔里，他听出了她从自己身边溜走的足音。

一晃过去了几年。娜塔莎和丹尼尔踏进了讲究务实、讲究责任的成人世界。

搬家五年后，娜塔莎的母亲病倒了，第六年还没有到，她已经离开了人世。葬礼数月后，娜塔莎琢磨着给丹尼尔打个电话，但时间已经过去了太久，她不太信得过自己对他的一幕幕记忆。

娜塔莎的弟弟彼得，在牙买加的日子倒是过得风生水起。他有很多朋友，终于找准了自己的位置。未来某一天，在他母亲去世很久以后，他会爱上一个牙买加女人并和她结婚。彼得夫妇会生下一个女儿，彼得给她取名帕特丽夏·马利·金斯利。

塞缪尔·金斯利则从金斯敦搬到了蒙特哥湾，在当地一家社区剧院里演出。帕特丽夏死后，塞缪尔·金斯利终于悟到：原来，当初在遇见她的那家店里，他的选择并没有错。

丹尼尔的父母把自家小店卖给了一对美籍非裔夫妻，回韩国买了一套公寓，从此在韩国住上半年，又到纽约住上半年。到了最后，老两口已经不再指望自家两个儿子当个纯正的韩国人。不管怎么说，两个儿子毕竟生于美国。

查理的成绩提了上来，以最高荣誉毕业于哈佛大学。毕业后，他很少联系家里人。丹尼尔尽其所能填补了父母心中的空缺，他并不想念查理。

又是几年过去了。娜塔莎再也说不清当初的纽约一日意味着什么。她开始相信：与丹尼尔在一起时迸发的激情，不过是她想象中的海市蜃楼。当她回想当初的纽约一日，她一心笃信：透过名叫“初恋”的有色眼镜，是她自己给它添上了浪漫色彩。

不过，与丹尼尔共度的时光也确实帮了娜塔莎一个忙。她遍寻自己的激情所在，找到了物理学研究。有些夜晚，在睡意尚未降临、心扉大敞的时刻，她会回想起当初两人在楼顶谈论爱情，谈论暗物质。他曾经宣称，爱与暗物质是一回事——唯一能让宇宙免于分崩离析之物。每每一念及此，她便感觉心如鹿撞。紧接着，她在黑暗中露出微笑，将旧日回忆束之高阁，那是用来放置感情用事、没有出路的旧物之处。

就连丹尼尔，也不再说得清当初的纽约一日意味着什么——想当初，那一天曾经意味着一切。他还记得一个又一个让两人相识、相爱的小小的巧合：虔诚的列车长、沉浸音乐之中的娜塔莎、标有“解围之神”字样的外套、入店行窃的前男友、超速的宝马车、在楼顶抽烟的保安。

当然，假如娜塔莎能听到丹尼尔讲起他的回忆，她会点破一个事实：他们两人最终并未在一起，当初的“对”也已经成了“错”。

丹尼尔还记得另一瞬间：吵过一架后，他们刚刚重逢。娜塔莎谈起要历经何等沧海桑田，宇宙才能铸就。她宣称，坠入爱河难以与之比肩。

丹尼尔一直认定：她说得不对。

因为近看之下，万物有哪一样不像是毫无头绪？在丹尼尔看来，不过是个尺度问题。假如你退得足够远，等得足够久，头绪自会水落石出。

或许，他与她的宇宙只是需要更长的时间才能铸就。

epilogue

尾声

艾琳：另一种历史

十年过去了，艾琳却从未忘记救她一命的那个时刻，从未忘记救她一命的那个女孩。当时，艾琳在纽约的公民及移民服务局大楼担任门卫。一位移民官——莱斯特·巴恩斯来找艾琳，还告诉她，一个女孩在他的语音信箱里给她留了言。女孩在留言中向艾琳道谢，虽然艾琳一直没弄明白小姑娘谢她什么，但那声“谢谢”来得正是时候。因为当天晚上，艾琳本打算自杀。

艾琳已经在午餐时段写下了遗书。艾琳已经在脑海中绘制了迈向公寓楼顶之路。

谁知有了那声“谢谢”。

有人关注了艾琳，而这正是第一步。

当天晚上，艾琳又听起了“涅槃乐队”的专辑。在科特·柯本的歌声中，艾琳听出了一种无可挑剔、美妙绝伦的痛楚，如此高亢的嗓音，倾注着孤独与渴求，有股恨不得破音的劲头。只不过，那歌声却并未破音，而且，歌声之中也另有一种快意。

艾琳寻思着那个费神打电话、单单为了给她留个言的女孩。艾琳只觉心有触动。还不足以治愈她，但已经足以让她拨通了自杀预防热线。打给热线的电话带来了心理治疗，心理治疗带来了药物，而药物每天都在挽救艾琳的生命。

两年后，艾琳辞去了公民及移民服务局的工作。她还记得，小时候，自己曾经梦想当个空乘呢。至于现在，艾琳的人生简单而快乐——她过上了“空中飞人”的人生。因为深知飞机上可能颇为孤独，因为深知孤独是多么绝望，艾琳悉心照料着乘客，其他空乘没一个赶得上她那股认真的劲头。艾琳安慰独自回乡参加葬礼的乘客，谁让他们全身上下都散发着哀伤呢；艾琳伸手握住恐高症和恐旷症乘客的手；艾琳将自己看作一名长有金属双翼的守护天使。

而此时此刻，艾琳正在做起飞前最后的检查，寻找着要人帮上一把的乘客。坐在7A的年轻男子在一个黑色小笔记本上龙飞凤舞地写字。是位亚裔，长着一头黑色短发，一双和善却又认真的眼睛。他咬着笔头，想了写，写了想，接着又啃啃笔头。艾琳很欣赏这位洒脱的年轻男人，他专注的样子仿佛周围的世界不存在一样。

艾琳的目光从年轻男子身上挪开，落到坐在8C的黑人女子身上。女子年纪很轻，戴着耳塞，留着鬈发爆炸头，发梢染成了粉色。艾琳猛然惊呆了。她认识那张脸。那温暖的肌肤。长长的睫毛。粉扑扑的丰满双唇。那份专注。肯定不会是同一个人吧？不会正是当初救她一命的女孩吧？不会正是艾琳十年来一直想要感谢的人吧？

机长宣布起飞，艾琳不得不落了座。从折叠椅座位上，艾琳遥遥端详着那名女子，直到心中再无一丝怀疑。

飞机一攀升到巡航高度，艾琳便走到年轻女子身边，在紧挨她的过道里蹲下身。

“女士。”艾琳的声音忍不住发抖。

年轻女子取下耳塞，迟迟疑疑地冲艾琳投来一抹微笑。

“我要说的话听上去很离谱，”艾琳开了口。她向年轻女孩讲起当初的纽约一日——灰色托盘，“涅槃乐队”手机壳，艾琳又是如何每天见到那个小姑娘。

年轻女人用警觉的眼神望着艾琳，一声不吭。她的脸上掠过一抹酷似痛楚的神情——定是一段过去。

无论如何，艾琳说了下去。“你救了我一命。”

“可我不明白。”年轻女子答道。她有加勒比口音，还有别处的。

艾琳握住了女人的手。后者整个人都绷紧了，却没有挣脱艾琳的手。好奇的目光从四面八方向两人投来。

“当时你给我留言，说感谢我。我甚至不知道你要谢我些什么。”艾琳说。

从排排座椅间，坐在7A的年轻男人向她们望来。艾琳迎上了他的眼神，皱了皱眉。男人挪开了眼神。艾琳又把注意力转回年轻女孩身上。

“你还记得我吗？”艾琳问。

突然之间，对艾琳来说，眼前这位年轻女孩——当初那个小姑娘，还是否记得她，成了一件至关重要的事。话一出口，她摇身变成了昔日的艾琳，孤独胆小，受人触动，却无法触动他人。

时间停滞，艾琳只觉自己困在两重宇宙之间。她仿佛见到飞机解了体，先从地板开始，随后是座椅、金属机身。她与一众乘客悬在半空，紧接着，乘客们一个接一个闪烁着消失了踪迹，恰似另一段历史的幻影。

只剩下艾琳与眼前的年轻女孩。

“我记得你，”女孩说，“我叫娜塔莎，我记得你。”

从座椅上方，坐在7A的年轻男人又向她们望来。

“娜塔莎。”他开口说。他的面孔毫不掩饰，他的世界爱意满满。

娜塔莎抬起了头。

时间猛然复原。飞机和座椅重归原状，一众乘客重获血肉之躯，重获那颗心。

“丹尼尔。”她说，“丹尼尔。”她又说一遍。

[全书完]

妮可拉·尹

《纽约时报》畅销书作家，美籍牙买加人，业余首饰匠人。妮可拉·尹相信爱是一切的答案，浪漫到无可救药。她熟知心动的眼神，擅长不同表达爱意的方式，拥抱爱情的所有模样。她根据自己真实经历写下了《你的一天，我的一生》，向伟大爱情致以最甜蜜的敬意。妮可拉·尹和家人生活在洛杉矶。

关于妮可拉·尹的几件小事：

· 五音不全，但是喜欢唱卡拉OK。

· 手写小说的初稿。

· 用完的笔都留着。

· 做事一直是厚积薄发。

· 最爱的食物是红酒、芝士、韩式泡菜和韩式烤排骨。

· 最重要的是：永远都真心实意、坚定不移地相信爱。

你的一天，我的一生

产品经理｜赵思婷　装帧设计｜星　野　执行印制｜梁拥军
后期制作｜朱君君　封面插画｜马任懿　出 品 人｜路金波

The Sun is also a Star

版权合同登记号：图进字 11-2019-72

图书在版编目（CIP）数据

你的一天，我的一生 / (美) 妮可拉·尹著 ; 胡绯译. -- 杭州 : 浙江文艺出版社, 2020.7
ISBN 978-7-5339-5836-7

Ⅰ. ①你… Ⅱ. ①妮… ②胡… Ⅲ. ①长篇小说－美国－现代 Ⅳ. ①I712.45

中国版本图书馆CIP数据核字(2020)第070863号

责任编辑：罗 艺
装帧设计：星 野
封面插画：马任懿

你的一天，我的一生
[美] 妮可拉 · 尹 著　胡绯 译

出版 浙江文艺出版社
地址 杭州市体育场路347号　邮编 310006
网址 www.zjwycbs.cn
经销 浙江省新华书店集团有限公司
印刷 河北鹏润印刷有限公司
开本 880mm×1230mm 1/32
字数 235千字
印张 11
印数 1 — 6, 500
版次 2020年7月第1版
印次 2020年7月第1次印刷
书号 ISBN 978-7-5339-5836-7
定价 49.80元
